번아웃을 그림으로 이겨낸
변리사 이야기

청어산문선
004

날지 않아도 괜찮아

박윤경 산문집

청어

번아웃을 그림으로 이겨낸
변리사 이야기

날지 않아도 괜찮아

박윤경 산문집

날지 않아도 괜찮아

- 번아웃을 그림으로 이겨낸 변리사 이야기 -

박윤경 지음

차례

Ⅰ 날개가 부러졌다

Ⅱ 날개를 고쳤다

Ⅲ　날지 않아도 괜찮다

Ⅳ 그림 그리는 변리사가 이야기하는 그림에 대한 권리

박신후

행복을 파는 브랜드 오롤리데이 대표

저서

『행복을 파는 브랜드, 오롤리데이』

『인디펜던트 워커(좋아하고, 잘하고, 의미 있는 나만의 일 만들기, 공저)』

https://www.instagram.com/lollyhu/

나는 '그림작가 박윤경'이라는 타이틀의 시작점에, 매일 밤 그림일기를 나누던 친구였다.

'변리사, 회사 대표, 엄마'라는 멋진 타이틀을 이미 여러 개 달고 있던 윤경 님이,

'진짜 나'를 찾기 위해 시작한 도전을 진심으로 응원하던 밤이 떠오른다.

날로 성장해 나가는 그녀의 그림 솜씨와, 점점 더 솔직해지는 그녀의 글에 매일 감탄을 멈출 수 없었다.

적지 않은 나이에 삶의 관성을 깨고 도전하는 일이 얼마나 어려운

일인지 잘 알기에,

    그저 놀라움을 넘어서 존경심을 여러 번 느꼈다.

    어쩌면 인생은 '진짜 나'를 찾아가는 여정이 아닐까 싶다.

    윤경 님은 달리고 있던 기차에서 용기 있게 뛰어내렸고,

    그 탐험 끝에 가장 '나다운' 모습을 찾은 것이 아닐까.

    이 책은 '진짜 나'를 찾는 여정을 시작하는 이들에게 확실한 응원이 될 것이다.

    '날지 않아도 괜찮아'라고 따뜻하게 말하며,

    그 여정의 첫걸음을 내딛게 하는 힘이 되어준다.

임지영

즐거운 예감 대표

예술교육자, 예술칼럼니스트

저서

『그림과 글이 만나는 예술수업』

『느리게 걷는 미술관』

『그림을 읽고 마음을 쓰다』

https://www.instagram.com/communicator_art

지금 지친 누군가 있다면 그녀를 만나면 된다.

그리는 사람은 그림에 담기고, 쓰는 사람은 글에 비친다. 그래서 그림과 글은 감추어지지 않는다. 그리는 일도 쓰는 일도 자신의 심연을 끝없이 들여다보는 일. 내가 못나고 미워서 괴로울 적도 있지만 그런 나를 맞닥뜨리고 눈을 마주치고 힘겹게 껴안아본 사람은 안다. 나를 일으킬 수 있는 사람, 나를 사랑할 수 있는 첫 사람은 바로 나라는 걸.

박윤경 작가를 처음 보았을 때 있는 듯 없는 듯, 그게 편한 사람 같았다. 알고 보니 평생을 그리 살았다. 하지만 착하고 예쁜 중년이 된 그녀에겐 더 이상 있는 듯 없는 듯 살지 않겠다는 결기가 느껴졌다. 그 결기는 매일 그리는 그림이었다. 그림은 처음엔 주체할 수 없는 나의 이야기에서 점차 알을 깨고 세상을 향한 다정한 말들로 채워져갔다. 나의 존재 찾기로 시작된 그림이었지만 착하고 예쁜 본질은 어디 가지 않는다.

박윤경 작가의 첫 개인전을 보았고 첫 책을 읽었다. 그녀의 미소와 그림들과 글이 신기하리만치 닮아있다. 조곤조곤 속삭이고, 처진 어깨를 다독이고, 가만가만 어루만져준다. 자신은 힘들다는 말 한마디를 못 해 번아웃이 왔으면서, 자기처럼 되지 말라고 그러면 안 된다고, 아예 이런저런 방법까지 다 풀어놨다.

나 또한 늘 그림을 보고 글을 쓰는 일을 하지만, 궁극적으로 우리는 모두 창작자가 되어야 한다고 생각한다. 내 안에 있는 것들을 길어올려 그것을 쓰고 그릴 때 비로소 나로 산다. 박윤경 작가처럼 날아도, 날지 않아도 모든 삶은 나의 선택이고 자유라는 걸 깨닫는다. 지금 지친 누군가 있다면 그녀를 만나면 된다. 말수는 적지만 그림과 글 속에 뜨거운 진심이 다 들어있다. 당장 내일부터 그림일기 그리기를 시작할지도.

편성준

작가

저서

『여보, 나 제주에서 한 달만 살다 올게』

『부부가 둘 다 놀고 있습니다』

『살짝 웃기는 글이 잘 쓴 글입니다』

『읽는 기쁨』

『나를 살린 문장, 내가 살린 문장』

https://www.instagram.com/mangmangdy/

'글 쓰는 변리사'로 새롭게 태어나는 박윤경을 옆에서 지켜볼 기회가 있었다. 그는 그림 그리기를 통해 번아웃을 이겨냈고 자유로운 표현으로 본질에 다가서는 법도 배웠다. 『날지 않아도 괜찮아』라는 책 제목을 보며 나는 메리 올리버의 〈갈매기〉를 생각했다. 그 시의 첫 줄은 이렇게 시작된다. "착하지 않아도 돼." 인생의 비밀을 알고 있는 사람들의 목소리는 이토록 닮아있다.

남들에게 한가하게 보일지 모르지만 본인에게 절박한 순간이 있다. 박윤경에겐 그림이 그랬다. 앞만 보고 달려가다 번아웃으로 날개가 꺾인 그는 미운 오리새끼가 된 심정으로 백조와 펭귄, 그리고 작은 새들을 그렸다. 『날지 않아도 괜찮아』는 이제 뽕송뽕송한 날개로 갈아탄 '글 쓰는 변리사' 박윤경이 들려주는 성숙하고 따뜻한 희망의 문장들이다.

화가가 되었다

오늘도 삼성동으로 출근했다. 서울 한복판 정원도 아름다운 하우스 갤러리에서 첫 개인전을 하고 있다. 상상도 해 본 적 없는 일이었다.

갤러리 흰 벽면에는 나의 그림 41점이 가득 걸려있다. 통창을 통해 보이는 정원의 모습과 어우러진 그림 속 다양한 새들이 홀로 또는 함께 이야기를 속삭이고 있다.

이번 전시의 제목 '날지 않아도 돼'처럼 날개가 있어도 당당하게 날지 않고 버티며, 듣고 싶은 이야기, 들려주고 싶은 이야기를 관람객들에게 속삭이고 있다. 어떤 이는 나를 '새 화가'로, 또 다른 어떤 이는 '오리 화가'로도 부른다. 산책길에서, 여행지에서 만난 새들을 사진에 담아 보내주며 언젠가 꼭 그려달라고 부탁하기도 한다.

그렇다. 나는 화가가 되었다.

<첫 개인전>

2021년 3월, 갑자기 무언가를 그리기 시작했다. 번아웃에서 벗어나려고 발버둥 치던 온갖 방법의 끝에 '그림'이 있었다.

책상 위를 어지르고 싶지 않아 아이패드로 그리기 시작했고, 잘 그릴 자신이 없어 손바닥만 한 수첩에 작고 간단한 그림을 그렸다. 나중에는 그림에 글을 붙여 그림일기를 썼다. 다양한 소재를 그려보았지만 결국엔 새 그림으로 수렴했고, 하루를 돌아보며 쓰던 일기는 듣고 싶은 이야기, 들려주고 싶은 이야기로 변신했다.

왜 하필 '그림일기'였을까?

지금 돌이켜보면, 처음에는 이 그림을 왜 그렸는지, 나도 알 수 없어서 스스로 묻고 답했던 것 같다. 그러다가 내가 어떻게 하루를 견뎌냈는지, 그리고 나를 버티게 한 내 삶의 이유를 그림과 글을 통해 모색하게 된 것이다.

그러니까, 나는 나 자신을 이해하기 위해서, 나와 소통하는 도구로서 붓과 펜을 든 것이다. 그 붓과 펜이 그려낸 글과 그림들은 저마다의 표현으로 타인들과 소통하기 시작했다. 나는 그제야 깨달았다. 그것이 보편적이지만 특별한 개개의 삶에 의미를 환기하는 창문이었다는 것을.

*

오랜만의 장거리 출장길, 차에 올라 오늘의 노래를 고르기 시작했다. 갑자기 god의 <미운 오리 새끼>가 떠올랐다. 왕복 출장길을 달리며 <미운 오리 새끼>를 들었다. 백조가 되어 훨훨 날고 싶었는지도 모르겠다. 바람과 다른 현실에 답답했는지도 모를 일이었다. 나는 백조가 되지 못해 슬픈 미운 오리 새끼였다.

그날 밤부터 백조를 그렸다. 두 날개 활짝 편 모습, 날갯짓으로 기지개 켜며 날아오를 준비하는 모습, 물 위에서 고요하게 숨을 고르며 에너지를 축적하는 모습을 그렸다. 백조를 그리다 새끼 오리도 그렸고, 날개가 있지만 날지 않는 작은 새를 계속 그렸다.

새를 계속 그려 보니, 다 자란 성조보다 작고 여리고 사랑스러운 새끼 백조, 새끼 오리에게 마음이 기울었다. 그리는 동안 즐겁고, 더 그리고 싶고, 도와주고 싶고, 사랑하고 싶었다.

사람들 사이에서 미운 내 모습, 어리숙한 내 모습을 발견했지만, 오히려 그 무구함과 가능성을 엿보았다. 지금 당장은 능력과 경험이 부족하고 지원과 환경이 부족해서 내가 바라던 그 모습이 아닐 수도 있다. 지금은 진정한 내 모습을 보일 때가 아닌 것이다.

나는 외부의 요구나 조건과 관계없이 내 의지로도 작고 여리고 사랑스러운 것에 마음이 기우는 사람이었다. 나서기보다 뒤에서 지원하고, 주류인 사람들이 살피지 못한 것들을 챙겼다. 칭찬과 인정에 목말라서가 아니라 공감하고 마음과 손을 보태며 살았는지도 모르겠다.

미운 오리 새끼는 밉지 않다. 오리가 아닌데 오리와 비슷해야 한다고 비교하고 몰아가니 밉게 보인다. 독립된 개체가 되어 홀로 설 힘이 생겼다면 어른과 타인에게서 벗어나야 한다. 보호와 안전을 핑계로 비슷하게 살라고 종용하는 어른과 타인들 말이다.

미운 오리 새끼는 스스로 백조임을 깨닫지 못하면 결국 날지 못한다. '날 수 있다'는 자각이 비상의 원동력이고, 지상에서 용기 있게 발을 떼는 그 한 걸음이 비상의 첫 날갯짓이다. 불필요한 비교로 주눅 들지 않으면 우리는 모두 '나만의 백조'다. 훨훨 날아 원하는 목적지 어디든 갈 수 있다.

날개가 있다고 모두 날아야 하는 것도 아니다. 훨훨 날아 먼 곳을 다니며 살아도 된다. 종종걸음으로 진한 일상의 반경을 유지하며 사는 것도 좋다. 뒤뚱뒤뚱 요란한 발걸음으로 오지랖의 먼지를 일으키는 삶도 따뜻하다.

날개가 있다고 꼭 날아야 하는 건 아니다.
날개가 있어도 날지 않아도 괜찮다.

양 날개는 몸통으로 이어져 있다.
몸통은 머리부터 꼬리까지 이어진다.
새들이 온몸으로 날갯짓하듯이
삶은 함부로 양분할 수 없는 것이다.
삶도 '나는 일'과 '날지 않는 일'로만 구분될 수 없다.
날개로 그늘을 만들고 둥지를 만들 수 있다.
날개로 작고 여린 생명들을 품을 수 있다.
깃털로 그림을 그리고 글을 쓸 수도 있다.

2023 PARKYOON

<그냥 웃지요>

*

    나는 1974년생 남매를 키우는 워킹맘 24년차 변리사이다.

    대학을 졸업하고 30개월 변리사 시험공부를 했다. 23년 동안 쉬지 않고 변리사로 일하면서 결혼하고 남매를 낳아 키웠다. 그러다 느닷없이 들이닥친 번아웃으로 완전히 망가졌고, 매일 흐느껴 울었다.

    그러다 눈물조차 나오지 않을 때, 나는 다시 일어섰다.

    덕분에 오늘 특허사무소가 아닌 갤러리로 출근했다. 서울 한복판 갤러리에서 첫 개인전을 하고 있다. 갤러리의 하얀 벽면에 내 의지로 마음껏 그린 그림 41점과 모빌 16점을 가득 전시했다. 1년 전만 해도 완전히 망가져 재기 불가능할 줄 알았는데 아니었다.

    나는 화가로 다시 태어났다.

I

날개가 부러졌다

<하루만 더>

고장 난 냉장고처럼

"찌직!" 하고 멈춰버린 냉장고처럼 나는 어느 날 갑자기 고장 났다.

냉장고는 냉장과 냉동 온도를 각각 유지하면서 1년 365일 하루 24시간 정상 작동해야 한다. 얼마 전 아파트 전기 점검을 위한 정전 소식을 듣고 제일 먼저 떠오르는 가전제품은 냉장고였다. 필요할 때 전원을 켜는 조명, 세탁기, 선풍기 같은 다른 가전과 달리, 냉장고는 항상 조용히 작동하고 겉으로 제 역할을 드러내지 않은 채 많은 것을 품고 있다는 사실을 깨달았다.

나는 고장 난 냉장고 같았다.

365일 24시간 긴장하고 깨어있으며 잘 작동하던 나는 완전히 고장 났다. 시도 때도 없이 터져 흐르는 눈물보는 전원이 꺼진 냉장고에서 흘러내리는 물기였다. 냉기를 잃은 냉장고 안의 상한 음식물처럼 오래된 생각과 감정의 찌꺼기들이 악취를 풍겼다. 신선도를 잃고 흐물

거리는 채소처럼 단단했던 결심들이 무너져 내렸다. 꺼져버린 냉장고 속 조명처럼 빛을 잃은 얼굴은 날로 잿빛이 되었다.

고장 난 냉장고를 고치기 위해 전원을 껐다 다시 켜고, 냉각기를 바꾸고, 조명을 바꿔봤지만 소용없었다. 바로 먹어 소진하지 않는 음식물은 일단 냉장실에 넣고, 긴 시간 보관이 필요한 음식물은 생각 없이 냉동실에 꾸역꾸역 넣던 습관이 문제였다. 나는 음식물을 넣기만 하고 꺼내지 않아 냉동실 문을 열면 우르르 쏟아져 내리는 상태가 되었다. 결국 음식물을 모두 꺼내 비우고, 버릴 것과 남길 것, 오래 보관할 것과 빨리 소진해야 할 것으로 분리하고 또 새롭게 배치하고 나서야 고칠 수 있었다.

나는 선천적으로 내성적이고 조용한 아이였다. 어린 시절 엄마를 잃고부터는 마음과 입을 완전히 닫았다. 표현하고 주장하기보다 참고 수용하기가 편했다. 나는 자신을 '그래도 괜찮은 사람'이라고 생각했다. 아파도 아프지 않은 척했다. 검은 비닐봉지에 꼭꼭 싸서 냉동실 깊은 구석에 박아두어, 냉동실에 있다는 것조차 잊었던 생각과 감정의 잔여물들은 숨통 없이 쌓이고 쌓여 냉장고를 고장 나게 했다.

결국 평생에 걸쳐 쌓인 생각과 감정의 잔여물들을 냉장고에서 모조리 꺼내야 했다. 검은 비닐봉지에 쌓여 꽁꽁 얼어붙었던 오랜 기억을 꺼내고 녹여 하나하나 확인하고 분리하여 정리해 넣고야 냉장고는 다시 작동하기 시작했다.

눈부신 기술의 발달로 냉장고, 세탁기 같은 가전제품의 용량이 날로 증가하지만, 무한정의 용량을 가진 제품은 없다. 우리도 가전제품과 같다. 배우고 익히면서 몸과 마음의 용량을 업그레이드하지만, 누구나 한계가 있다. 그 용량을 넘기면 냉장고처럼 고장 나고 멈춰버린다. 과부하에 걸리고 고장 나 멈춰버리기 전에 미리 냉장고 속 내용물을 정리하는 시간이 필요하다. 넣기만 해온 음식물을 꺼내어 확인하고 분리하는 작업에는 주의 환기가 필요하다. 낯선 관점으로 다시 봐야 버릴 것과 유지할 것을 더 잘 알아볼 수 있다. '낯선 관점'은 당연하다고 생각했던 판단의 기준을 다르게 볼 수 있게 하는 여유를 준다.

고장 난 냉장고 같았던 내가 영영 고쳐지지 않고 폐기되면 어쩌나 걱정했다. 두손놓고 방치할 수 없었다. 뭐라도 해야 했고, 뭐든 했다. 여러 가지 시행착오 끝에 그림이 있었다. 그림은 그 어떤 것보다 낯설었다. 습관처럼 익숙하기만 했던 일상에 주의 환기가 되었다. 현재는 물론, 지나버렸고 잊었다고 생각했던 오래된 기억을 떠올려 정화하고 치유하는 기회도 주었다.

익숙한 일상은 익숙해서 편하지만 그래서 매몰되기도 쉽다. 가끔 낯선 활동과 환경에 나를 풀어놓으며 주의를 환기하는 노력을 해야 했다. 생계와 동떨어진 낯선 활동은 내게 초보자가 누릴 수 있는 어리광과 징징거림의 기회를 허용했다. 지긋이 나이 들어 뭐든 노련해야 할 듯한 부담에서 나를 놓아주었다.

이상 없다는데 왜?

건강한 편이었다. 어릴 때부터 그랬던 건 아니었다.

초등학생 때 아파서 결석하는 날이 꽤 많았다. 추위를 많이 타는 편이어서 추운 겨울날에는 집 밖으로 나가는 것 자체가 싫었다. 몸이 아픈 건 힘들고 싫었지만, 몸이 아파 결석하는 날 집에서 상전 취급받는 건 좋았다. 누워서 이것저것 가져다 달라고 할 수도 있었고, 먹고 싶은 걸 양보해야 한다는 부담이나 죄책감 없이 먹어 치울 수 있었다.

그러나 주사 맞는 걸 죽도록 무서워했다. 병원에 가서 주사를 맞으면, 주사를 맞고 나서도 뾰족한 주삿바늘의 공포가 남아 한참을 엉엉 울었고, 엄마는 우는 나를 새 스케치북과 색이 풍성한 크레파스 세트를 사서 안기는 것으로 달랬다. 크레파스, 색연필을 세트로 사면 노란색처럼 많이 쓰는 색이 늘 먼저 닳았다.

어쨌든 병원에 가면 새것을 얻을 수 있으니 좋았고, 병원에 다녀와서 동생들이 없는 조용한 집에서 새 스케치북에 새 크레파스로 그림을 그리는 시간도 좋았다.

중학생 때는 전에 비해 튼튼해졌다. 초등학교 때보다는 결석일이 줄었다. 덜 아프기도 했고, 수업을 받을 수 있을 정도면 등교했다. 고등학교 때는 중학교 때보다 출결에 더 신경이 쓰여 결석하기 어려웠다. 고3 때 할머니가 돌아가신 후에는 가족 모두 자신의 건강은 각자 챙겨야 하는 상황이 되었다. 삼남일녀 4남매 중 3명이 고등학생인 우리는 귀가 시간이 늦어 서로 다른 형제의 약을 챙길 여유가 없었다. 우리 모두 아프면 안 됐고, 필사적으로 아플 만한 일은 피했고, 아파도 참았다. 그렇게 점점 튼튼해졌다.

아이들 출산 때 제왕절개 수술을 하느라 입원한 것이 첫 입원이었다. 커갈수록 잔병치레도 거의 없었다. 일 년에 한두 번 걸리는 몸살감기도 콩나물국, 따뜻한 보리차, 달콤한 레몬차를 챙겨 마시고. 삼시 세끼 잘 챙겨 먹고, 묵직한 이불 푹 뒤집어쓰고 자고 일어나면 하루 이틀이면 나았다. 거짓말처럼 뜨끈한 국물 요리와 그렁그렁 가득 채워 따른 소주잔에 고춧가루를 살짝 뿌려 원샷하고 푸욱 자면 다음 날 벌떡 일어나기도 했다. 속이 안 좋으면 사혈침으로 양손 엄지손가락을 푹 눌러 따고 검붉은 피를 짜내면 가슴 속 뭉쳐있던 덩어리가 쑤욱 내려갔다.

어릴 때부터 할머니는 '아프면 밥맛이 없어도 잘 먹어야 한다'고 했다. 어른 말씀 잘 들었던 나는 할머니가 시키는 대로 몸이 아프면 과하다 싶게 챙겨 먹었고, 덕분에 앓고 나면 체중이 2, 3㎏ 증가하는 경험을 했다. 평생 체력도 좋은 편이었고, 주변 사람들보다 덜 자고 덜 쉬어도 문제없이 잘 지냈다.

이사를 하면 늦어도 일주일 안에 이삿짐을 말끔히 정리해야 직성이 풀렸다. 아이들이 잠들면 밤새 이사 간 집의 집기를 닦고 짐을 풀어 자리를 잡았다. 뜬 눈으로 아침을 맞고 아이들 챙겨 유치원, 학교에 보내고 출근해서 일해도 괜찮았다. 동선이 꼬이는 걸 못 참아서 시도 때도 없이 가구를 옮겼다. 시키는 사람도 없는데, 혼자 옮기고 청소하는 일을 여가처럼 즐겼다.

이랬던 과거가 꿈만 같다.

청소기로 집 바닥을 한 번에 청소하지 못했다. 청소하다 말고 힘들어서 거실 중간에 퍼져 누웠다. 청소기의 전선을 정리해서 창고에 넣을 힘도 없었다. 네 식구 간단히 먹은 한 끼 식사 설거지도 한 번에 하지 못했다. 식기에 거품질 하다 말고 손에 힘이 풀려 식기를 놓쳤다. 설거지를 중단하고 싱크대에 기대어 앉았다. 믿기지 않는 현실… 맥이 풀렸다. 스스로가 한심하고 서러워 꺼이꺼이 목 놓아 울었다. 책이나 읽자, 생각하고 책장을 펼치면 두 페이지를 못 읽고 병든 닭처럼 꾸벅꾸벅 졸았다. TV를 봐도 5분이면 비몽사몽이 되었다.

보고서는 마감에 일이 몰린다. 미리미리 해도 마감일이 공지되면 한두 주 야근, 철야를 해야 마무리할 수 있었다. 얼마 전까지만 해도 수일 야근, 철야를 해도 문제없었다. 몇 명이 함께 밤을 지새우고 맞은 새 아침에 가장 생생한 얼굴은 가장 나이 많은 내 얼굴이었다. 이제는 노트북 앞에 계속 앉아 있기조차 힘들었다. 집중해서 문서 작업을 하면 한 시간을 채우기 전 체력과 심력이 소진된다. 일어나 주의 환기하고 돌아오거나 달달한 간식으로 위를 채워 기분 전환을 해야 다시 일할 수 있었다. 너무 달라진 자신의 상태가 당황스러웠다.

번아웃일까, 갱년기일까. 뭐가 되었든 몸에 문제가 있어 보였다. 병원 신세를 진 적이 없으니 걱정이 더 커졌다. 어느 주말 저녁을 먹다 남편에게 증상을 얘기했다.

"여보, 나 요즘 몸이 이상해."

"그래, 내가 보기에도 이상해. 다른 사람 같아."

"어디 고장 난 걸까? 건강 걱정은 안 하고 살았는데, 막상 몸이 달라지니 걱정되네."

"그동안 잘 써먹었잖아. 고장 날 만도 하지. 큰 탈은 없을 거야. 걱정되면 검진받자."

"그럴까? 별일 없겠지? 나 요즘 가슴도 뻐근해."

"또 안 좋은 데 있어? 이참에 전부 검사받자. 의사 선생님 합격도장 쾅쾅 받고 나면 마음도 편해질 거야. 피곤하면 가만히 누워서 좀 쉬고."

남편이 보기에도 이상하다고 했다. 요 며칠은 가슴도 뻐근했다. 혈관질환 가족력이 있어 더 걱정되었다. 가장 빠른 날로 예약하고 건강검진을 받았다. 이상 징후가 있다고 하고 옵션으로 되어 있는 대부분 검사를 받았다. 심전도를 비롯한 혈관질환, 부인과 질환, 갑상선 초음파, 내시경 검사까지 추가했다. 수면 내시경 검사까지 마치고 의사 선생님을 만났다. 바로 확인할 수 있는 모든 항목은 정상이라고 했다. 문진표상 운동량이 부족해 보인다고 했고, 술을 좀 줄이라는 정도의 주의만 받았다.

며칠 후 집으로 검진결과표가 도착했다. 몇 가지 주의사항이 있었지만 내 몸에는 아무 문제가 없었다.

문제가 없다니 다행이었다. 남편 말처럼 의사 선생님 합격도장을 쾅쾅 받으면 안심이 될 줄 알았는데, 아니었다. 문제가 없는데 나타나는 이상 징후를 어떻게 해석해야 할까 고민되었다. 문제를 알아야 해결 방법을 찾는다. 내 상태는 문제가 없는데 해결 방법을 찾아야 하는 울지도 웃지도 못할 상황이었다.

속사포 래퍼가 된 걸까

오늘도 악쓰고 흐느끼다 전화를 끊었다. 화낼 줄 모르냐는 말까지 듣고 살았는데, 이제는 분노조절장애가 생긴 것 같다.

2004년 가을부터 같은 직장에서 일했다. 아니, 한 명의 대표를 모시고 일했다. 대표의 사업체를 법인화하면서 지분참여로 법인의 주주 겸 임원이 되었다. 외향적이고 전형적인 대장 스타일의 남자 변리사인 대표변리사, 그리고 내성적이고 앞에 나서기를 좋아하지 않는 여자 변리사. 이렇게 자연스럽게 역할 분담이 되었다. 대표는 영업과 외부 활동을 주로 하고, 나는 회사의 살림을 사는 안주인 역할로 자연스럽게 업무가 나뉘었다.

대표는 외근과 고객과의 식사 자리가 많았다. 대표가 직접 관여하는 회사 살림살이는 점점 줄어들었다. 회사 일도 집안일과 비슷하다. 해도 해도 끝이 없다. 잘하는 건 티도 안 나고, 잘못하면 사고가 난다.

나는 회사의 주주이고 임원이었다. 자리가 자리인 만큼 어느 하나 그냥 대충 넘길 수 없었다. 규모와 매출이 커지면서 챙겨야 하는 일도 점점 방대해졌다.

대표는 전통적인 리더형 인간이었다. 자기주장이 강하고 성격이 불같이 급했다. 리더답게 주거니 받거니 대화형 소통보다는 지시형 소통을 했다. 외근 다녀와서 일거리를 쏟아내고 다시 외근을 나갔다. 직접 하든, 기존 직원에게 업무를 할당하든, 신규 인력을 채용하든 불법만 아니라면 수단과 방법을 가리지 않고 지시한 업무를 처리해야 했다.

나는 전문경영인이 아니고 변리사다. 회사 살림살이 외에도 직접 처리해야 할 변리사 실무도 있었다. 업무시간에는 민원 처리하듯 다른 직원들의 업무에 필요한 지원을 했다. 공식적인 업무시간이 지나고 외부의 업무 연락이 오지 않는 저녁 시간이 되어서야 내 업무를 시작할 수 있었다. 영업을 위해 늦게까지 식사 자리, 술자리에 있던 대표는 자리를 파하면 전화해서 그날의 성과를 브리핑했다. 술자리를 마치는 시간은 밤이라고 하기엔 너무 이른 새벽 시간이었다. 나는 대표의 기억이 소실되기 전 대화 내용을 저장하는 저장매체였다. 고객과 함께 있는 자리에서 즉답해야 할 사항이 있어도 전화했다. 전화벨이 울리면 바로 전화 받기를 원했다. 중요한 미팅 중 통화가 안 되면 불호령이 떨어졌다. 회사의 성장에 꼭 필요한 일이라고 하니 거부하거나 거절할 수 없었다. 그렇게 나는 점점 항시 대기조가 되어 갔다.

다행히 나는 잠귀가 밝았고, 금방 잠에서 깨도 티가 잘 나지 않았다. 자고 있다가 전화벨이 울리면 자고 있던 티를 내지 않고 전화를 받을 수 있었다. 예민하고 준비성이 좋아서 대표가 필요할 만한 것을 미리 준비하고 챙겼다. 누구와 언제, 어디를 가든 전화기와 노트북을 품고 지냈다. 전화벨이 울리자마자 전화를 받았고, 필요하다면 당장 노트북을 켰다. 길을 걸어가다 전화 받고 길거리에 퍼져 앉아 노트북을 켜고 자료를 찾아 작성해서 보내는 것도 일상이 되었다. 회사에 필요한 일이었고, 그렇게 하면 회사가 좋아지고, 대표에게 인정받을 수 있다고 생각했다. 체력도 받쳐주니 못 할 이유도 안 할 이유도 없었다. 오히려 대표에게서 전화가 오지 않으면 불안해지기까지 했다.

그런데 이상했다. 얼마 전부터 대표 전화를 받으면 머리가 멍해졌다. 뾰족한 철심이 철판을 긁어내리듯 날카롭고 뾰족한 물체가 나의 뇌 벽을 훑어내리는 것 같았다. 뒤통수의 머리카락이 쭈뼛쭈뼛 치켜 올라갔다. 대표의 말소리는 아득한 메아리처럼 흐릿하게 울려 퍼지고 흩어져 알아듣기 어려웠다. 대표는 늘 그랬던 것처럼 묻고 확인을 요구하는데, "나한테 왜 그러세요?" 아니면 "나한테 어쩌라는 거예요!?"라고 소리쳐 대답했다. 대표의 한마디가 이어지면 관계없는 예전의 일을 속사포 랩처럼 쏟아내다 결국 흐느껴 울었다. 언제부터인지도 모르겠다. 계기가 되었던 사건이 있었는지도 모르겠다. 나는 달라져 있었다.

어떤 말을 들어도 똑같은 표정, 똑같은 말투로 이야기해서 로봇 같다는 이야기도 듣고 살았다. 웃어도 울어도 소리가 나지 않아 귀신 아니냐는 얘기도 들었다. 도무지 무슨 생각을 하는지 모르겠으니 도박도 잘하겠다는 얘기까지 듣던 사람이었다. 감정을 조절하지 못하는 사람, 해야 할 말과 하지 말아야 할 말을 구분하지 못하는 사람, 말귀를 알아듣지 못하는 사람을 경멸한다고 생각하며 살아왔다.

그랬던 내가 어느새 말귀를 못 알아듣는 사오정이 되었고, 동문서답에 이유 없이 분노를 쏟아냈다. 가장 싫어했고 상대하고 싶지 않았던 사람이 나 자신이 되고 있었다. 정상적인 대화가 불가능한 분노조절장애를 앓고 있는 사람이 되었다. 대표의 전화를 받으면 더 유난스럽게 이유를 알 수 없는 분노가 폭발했다. 전화를 끊고 나면 대성통곡을 했다. 왜 그럴까? 어쩌면 좋을까?

운전도 남의 일

　자동차 문을 열고 운전석에 앉는다. 브레이크 페달을 밟고 시동을 걸면서 내비게이션을 켠다. 목적지는 집에서 5km 거리에 있는 자동차 정비소다. 나는 심각한 길치에 과한 걱정꾼이다. 집에서 5km 거리에 있는 목적지에 갈 때도 내비게이션이 필요하다.

　2010년 10월 운전면허를 땄다. 백번 갔던 길도 반대로 오면 길을 못 찾는 심한 길치였다. 공간 감각도 좋은 편이 아니었다. 두 다리가 튼튼해서 잘 걸어 다녔다. 어릴 때 지하철 요금과 버스 요금의 체계가 지금과 달랐다. 버스는 갈아타면 무조건 새로 버스 요금을 내야 했지만, 지하철은 표를 내고 출구로 나가지 않으면 환승에 별도 요금이 추가되지 않았다. 가난했던 어린 시절 지하철 만한 교통수단이 없었다. 대부분의 이동을 지하철로 했던 덕분에 타고 난 길치 증상은 나이가 들어도 호전되지 않았다. 지하철 노선도는 머릿속에 선명하게 기억되어 있지만, 지상으로 올라오면 처음 여행 온 외국 같았다. 그래서 운전은 평생 내가 할 수 없을 일이라고 생각하며 살았다.

2010년 일산으로 이사를 결정했다. 여전히 운전을 못 했고 면허도 없었다. 나는 6살, 3살 두 아이의 엄마였고, 회사는 강남이었다. 일산으로 이사한다는 소식을 들은 친구들이 물었다.

"윤경아, 아직 면허 없지?"
"없지. 알잖아. 나 심각한 길치인 거. 운전은 무서워. 조수석에 앉아 있는 것도 무섭다."
"아이고, 아이 둘을 키우면서 일산에서 강남으로 대중교통으로 출퇴근하겠다고?"
"내가 직접 운전하는 것보다 낫지 않을까? 남편도 있고, 동네에 직장 동료도 있으니까 가끔 지인 찬스를 이용하면 돼."
"아닐걸. 다시 생각해 봐. 후회할 거야. 면허를 딸 거면 이사하기 전에 시작하는 것도 생각해 봐."

엄마로는 선배인 친구들이 입을 모아 운전을 권했다. 일산과 강남을 대중교통으로 오가기엔 어려움이 많았다. 지하철과 버스 노선이 다양하지 않아 관광버스처럼 일산을 일주하고 나서야 일산을 벗어나는 노선이 대부분이었다. 버스로 이동하는 길도 뻔해서 한번 길에 갇히면 차가 움직이지 않았다. 너무 시간을 많이 써야 했다. 이사 갈 동네는 신규 입주하는 아파트라서 대중교통이 어떻게 생길지도 몰랐고, 생겨도 배차간격이 길 거였다.

아무리 차가 막혀도 자가운전으로 이동하는 것이 제일 빨랐다. 운전을 안 하더라도 일단 운전면허는 따야겠다고 마음먹었다. 바로 운전학원에 등록했고 이삿날에 딱 맞춰 운전면허를 땄다. 야호!

의기양양도 잠깐이었다. 면허증이 생겼다고 바로 운전할 수 있는 건 아니었다. 학원에서 시키는 대로 해서 운전면허증은 생겼지만, 시동을 걸고 주차장을 나와 질주하는 차들 속을 비집고 들어가 합류하는 일은 면허증이 있다고 그냥 되는 일이 아니었다. 이사 간 집에서 회사까지 자유로를 포함하는 출퇴근 길을 도로 연수받았다. 8번 받았는데, 브레이크를 작동할 수 있는 선생님이 조수석에 함께하는 것과 홀로 도로로 나오는 건 차원이 다른 일이었다. 무서웠다. 이 핑계 저 핑계 대면서 다른 사람 차를 얻어 타거나 대중교통으로 출퇴근하며 버텼다.

남편이 국책과제를 수행하게 되었다. '과제 기간 중 발주기관에 과제 책임자가 상주한다'는 요건이 있었다. 최소 2년 동안 남편은 세종시에 근무해야 했다. 꼼짝없이 주말부부 신세가 되었다.

폭우가 쏟아지던 어느 날, 퇴근하고 아이 둘을 데리고 외출할 일이 있었다. 미취학 아동 둘, 아이들 각자의 가방, 내 서류 가방과 노트북 가방, 우산 2개를 이고 지고 택시에 오르고 내렸다. 그때만 해도 카카

오 택시 같은 예약제 택시가 활성화되지 않았다. 택시를 기다리면서 나와 아이들은 이미 흠뻑 젖었다. 집에 도착했을 때 완전히 녹초가 되었다.

그날 잠든 아이들을 바라보면서 결심했다, 운전하기로.

*

무슨 일이든 결심하고 첫발을 떼기가 어렵다.

일단 시작하면 또 어떻게든 하게 된다.

운전도 할까 말까 망설이는 마음을 견디고 며칠 계속하니 할만했다. 출퇴근길이 자유로라서 시내 운전에 비해 속도를 내서 운전할 때가 많았다. 어렵지 않게 지방 출장도 차를 가지고 다니기 시작했다. 하루에 한 건의 출장이 있으면 KTX가 편하지만, 여러 건의 출장이 있는 날은 가는 길이 좀 피곤해도 도착해서 이동하기엔 자가운전이 이동시간을 단축할 수 있었다.

나는 점점 운전에 익숙해졌고, 시내 운전보다는 고속도로 운전이 편해졌다. 이동 중 좋아하는 음악을 골라 들으며 즐길 수 있는 여유도 생겼다. 지방 출장이 있는 날은 고속도로를 내 깐에는 질주하는 여유도 부릴 수 있게 되었다. 마음에 콕 꽂히는 노래가 나오면 흥얼흥얼, 꽥꽥 따라 부르거나 어깨를 들썩이기도 했다. 찔끔찔끔 눈물을 쥐어짜기도 했고, 엉엉 목청 높여 통곡한 날도 있었다. 드라마나 영화에 나오는 것처럼 혹시 범죄에 연루되어 누군가 내 블랙박스를 돌려보면 어쩌나 하는 상상을 하기도 했다.

운전으로 이동할 수 있는 거리는 점점 길어졌다. 함평까지도 필요하다면 휴식하지 않고 갈 수 있는 정도가 되었다. 편도 60km 거리의 출퇴근도 죽을 만큼 힘들지는 않았다. 내 활동반경이 점점 넓어지는 것이 좋았다. 활동반경이 넓어지는 만큼 내 능력의 한계치도 높아지는 것 같았다. 물리적인 범위는 심리적인 범위에도 영향을 주는 걸 그때 알았다.

계속 그렇게 확장할 줄만 알았다. 그러나 내 심신의 이상증세는 능력의 한계치 갱신 모드를 눈감아주지 않았다. 물리적인 범위의 확장 분위기에도 찬물을 끼얹고, 나를 멈춰 세웠다.

경기도 지역의 출장만 잡혀도 이동 경로에 휴게소가 있는지부터 찾았다. 거리는 멀지 않지만 차가 막혀 이동시간이 길어지는 지역의 출장은 대중교통을 이용했다. 천안, 대전 이남 지역의 출장은 반드시 가야 하는 일이 아니라면 거절했다. 꽉 막힌 도로에 갇혀 있으면 숨이 막혔다. 호흡이 어려워 차 창문을 내려 바깥 공기를 마시며 버텨야 했다. 전력질주 후 차오른 숨을 고르듯 들숨과 날숨을 크게 반복하며 숨고르기를 해야 했다.

혼자 고속도로를 주행하고 있으면 가속페달을 계속 밟고 싶은 충동이 느껴졌다. '구불구불 곡선 도로를 속도 높여 직선으로 질주하면 어떤 일이 벌어질까?' 정신을 차리고 현실로 돌아오면 남의 말 하듯 툭 내뱉었다. "죽으면 다행이지. 장애인이 되면 어쩌지?" 혼자만의 자유를 만끽할 수 있었던 나 홀로 운전이 점점 두려워졌다. 즐거운 상상보다는 영화에서 본 듯한 두려운 장면이 계속 떠올랐다. 혼자 이동하는 장거리 운전은 포기해야 했다.

운전을 시작하고 다른 사람의 도움 없이 가고 싶은 곳을 갈 수 있는 것이 너무 좋았다. 가고 싶은 곳을, 가고 싶을 때 가보니 비로소 독립된 인간, 자유인이 된 것 같았다. 운전으로 하는 독립을 아직 운전을 시작하지 않은 사람들에게 권하고 다녔다. 나 때문에 운전을 시작하고 고맙다는 사람들도 생겼다.

그런 내가 그 독립을 포기해야 했다. 나 덕분에 운전으로 독립을 쟁취한 사람들을 만나면 어떡하지? 나는 왜 이제 운전하지 않는다고 이야기해야 할까. 자유롭게 운전해서 이동하기 시작한 지 몇 년 되지도 않았는데, 이제 다시 독립된 인간에서 의존적인 인간으로 퇴보해야 하는 상황이 되었다.

박말술 안녕

내 20대 별명은 '박말술'이었다.

김치냉장고 속 김치통에는 500㎖ 캔맥주 9캔이 들어갔다. 김치통 5개를 맥주로 가득 채운 우리 집 김치냉장고에는 500㎖ 캔맥주 45캔이 상시 대기 중이었다.

이제 김치냉장고에는 맥주가 없다. 대신 무가당 두유가 가득하다.

*

나는 본래 수줍음도 많고, 말수도 적고, 낯가림도 심한 편이었다. 끝끝내 낯가림의 기간을 넘기지 못한 채로 마무리하는 관계도 많았다. 모임이나 회의에 가면 친한 사람, 익숙한 자리여도 내가 꼭 해야 하는 이야기가 아니라면 말을 하지 않았다. 내가 아니어도 말하는 사람들은 많았다. 나도 말을 해 볼까 생각하면 그 말을 했을 때 동석한 사람들의 마음과 반응이 걱정되었다.

'이 말을 하면 A는 괜찮지만, B는 기분 나쁠 거고, C는 상처받을 수 있어.'
'이 얘기를 했다가 끝까지 책임져야 할 일이 생기면 어쩌지?'
'위로한다고 달라지는 게 있을까?'
'좋은 말로 괜히 기대만 하게 해서 더 큰 상처가 되면 어떡해?'
'내가 뭐라고 충고해. 도움은커녕 상처만 될 거야.'

이런 생각들은 결국 내 입을 틀어막았다. 세상 사람들이 하는 모든 말이 진지하고 무겁기만 한 건 아니었다. 그때그때 상황에 따라 싱겁게 농담을 주고받기도 했고, 지나가는 말로 허세를 부리기도 했다. 터무니없어도 듣는 사람에게 용기를 주기도 했고, 술자리에서 주고받는 말은 물론 일상에서도 기억하지 못하는 언행이 무수히도 많았다.

세상의 모든 대화가 무겁고 진지하다면 오히려 갑갑하고 숨 막혔을 거다. 다른 사람들의 다양한 말들은 거부감 없이 들을 수 있었지만 내가 그 말들을 하기는 어려웠다. 관계와 대화가 어려웠다. 겁도 많고 걱정도 많아 많은 사람이 모이는 모임은 늘 긴장되고 힘들었다.

*

이런 내가 술을 마시면 대범해졌다. 한 잔 두 잔… 술을 마시고 취기가 오르면 사교적인 사람이 되었다. 겁먹어 경직되었던 표정이 부드러워졌고, 말수도 많아졌다. 표정만 있던 내 웃음에 소리도 생겼다. 혼자 세상도 구할 것 같았다. 이것, 저것 해 보자고 제안했고, 내가 하겠다고 번쩍 손 들었다. 술에 취했을 때와 취하지 않았을 때의 태도는 달랐지만, 얼굴이 발갛게 달아오르거나, 눈동자가 풀리거나, 발음이 부정확해지지 않았다. 다른 사람이 보기에도 스스로 생각하기에도 나는 술 센 사람이었다. 술자리가 파하기 전에 먼저 일어나는 법도 없었다. 덕분에 젊은 시절 내 별명은 박말술이었다.

술 마실 일이 없던 모임이 있었다. 모처럼 술을 마실 기회가 생겼다. 성격 좋은 언니가 옆에 앉아 술을 몇 잔 권했다. 긴장이 풀어져 친근해진 내 모습을 보더니 언니가 얘기했다.

"어, 얘 봐라? 술 마시니까 완전 다른 사람이네.
술 마신 모습이 훨씬 좋다. 윤경, 너 다음부터는 나 만나러 올 때
무조건 맥주 한 캔 이상 마시고 와, 알았지?"

그날 모임에 동석했던 다른 사람들도 같은 이야기를 했다. 듣는 나도 언니가 무슨 얘기를 하는지 잘 알았다. 사람들의 대화를 들으며 빙긋이 웃었다.

<눈치 보지 마>

꽤 오래 박말술로 살았다.

술기운이 올라오면 긴장이 풀리고 몸과 마음이 노글노글해지는 걸 즐겼다. 다른 사람을 언짢게 하는 일도 없었으니 그만둘 이유가 없었다. 사람마다 술버릇이 다르다. 술을 마시면 즐거워지는 나는 술 마시고 화를 내거나 우는 사람과 술 마시는 건 싫었다. 술버릇이 고약하다고 생각했다.

그런 내가 달라졌다.

언젠가부터 나는 맥주 한 모금에도 울고 화내며 술주정 부리는 사람이 되고 있었다. 반듯하게 앉아 긍정의 대화를 이끌어가던 박말술은 이제 없었다. 내가 느끼기에도 다른 사람이 보기에도 술에 취했다는 티가 많이 났다. 자세가 반듯하지도 않았고, 다른 사람의 말을 시비로 알아들었다. 자세와 함께 발음도 휘청거렸다. 조금 더 마시면 눈물까지 터져 나왔다. 나 자신이 내가 가장 싫어하는 모습과 비슷해지는 상황이 되니 감당하기 어려웠다. 박말술로 산 세월이 얼마인데, 중병에 걸리지도 않았는데, 이렇다 할 계기가 있었던 것도 아닌데, 말이 안 되는 일이었다. 갑작스러운 변화에 분노했지만 맞서기는 어려웠다.

이제 얼굴 팔려서 술은 못 마시겠으니 밖에서 다른 사람과는 술을 마시지 않기로 했다.

술자리만큼 술맛 자체도 좋아했다. 먹는 걸 좋아해서 식사하면서 어울리는 술을 곁들이는 반주도 좋아했다. 함께 마시는 술도 좋지만 혼자 호젓하게 마시는 술도 즐길 줄 알았다. 남편의 귀가가 늦는 날, 아이들을 재우고 맥주 한두 캔 마시는 것도 좋아했다. 출장 가면 숙소에서 조용히 맥주 한두 캔에 미뤄두었던 생각을 정리하는 것도 즐겼다. 꽁했던 마음이 풀리기도 했고, 걱정만 가득한 일에 해결책이 보이기도 했다.

이제 혼자 술을 마시면 꽁했던 마음은 원망이 되고, 걱정하던 일은 하늘이 무너지는 결과만 예상되었다.

비가 오거나 바람 소리가 세차게 부는 날 뒤척이다 수면제 삼아 맥주캔을 땄다. 적당히 취기가 올라오면 베란다 없는 통창 거실 창가로 터벅터벅 걸어갔다. 우리 집은 아파트 20층이다. 조경이 예쁜 우리 아파트 1층을 내려다보며 생각했다.

20층 높이에서 바닥까지 사람이 떨어지는 데 얼마나 걸릴까?
아주 짧은 시간에 떨어질 텐데, 아프다는 걸 느낄까?

불현듯 내 상상이 끔찍하다는 걸 몸서리치며 깨달았다. 너무 두려웠다. 이런 상상이 일상이 되고 행동이 된다면… 특별한 사건이 있던 날들도 아니었다. 그냥 인생이 허망하고 힘겨웠다. 보이지도 않는 끈을 언제까지 악착같이 붙들고 있어야 하는지 버거웠다. 그저 몸에서, 손에서 힘을 빼고 놓고 싶었다. 이유를 알 수 없는 변화가 무서웠고,

그냥 둘 수는 없었다. 그래서 혼자 마시는 술도 끊었다. 한때 45캔씩 쟁여두던 캔맥주가 이제 우리 집 냉장고에는 없다.

이제 정말 작별이다.

아디오스, 박말술.

사춘기와의 대치

"따르릉!"

031 국번의 전화번호가 핸드폰 화면에 떴다. 심장이 두근거리고 뇌에 날이 섰다. 어디서 누가 무슨 일로 녀석을 찾을지 조마조마했다. 지금 그 녀석이 어디에 누구와 있는지, 그 녀석 머릿속에 어떤 생각이 가득한지 알 길이 없는데, 엄마라는 이유로 나에게 물어오는 세상의 소리가 두려웠다.

처음 유치원에 가던 날을 빼고는 엄마 힘들게 한 적이 없던 아이였다. 회사 일이 바빠 잘 챙겨주지 못하는 엄마가 미안할 정도로 손 가게 하는 구석이 없었다. 세 살 터울의 여동생을 잘도 돌봤다. 친구들하고 놀러 가면서도 동생을 챙겼다. 갖고 싶은 장난감을 사 달라고 떼쓰며 힘들게 한 적도 없었다. 공부도 곧잘 했다. 학교 상담 가면 큰아이 같은 아이는 부모님 안 오셔도 되는데 뭐 하러 왔냐고 했다. 아이들이 큰아이만 같으면 한 반 정원이 백 명이어도 힘들지 모를 거라던 녀석이었다.

그랬던 큰아이는 어느 시점부터 스마트폰을 하는 시간이 길어졌다. 당연히 늦게 자고 아침에 일어나기도 힘들어했다. 십수 년 엄마가 사수해 왔던 아침밥을 안 먹겠다고 했다. 학원에서는 매일 전화가 왔다. 등원 시간이 한참 지났는데, 아이가 나타나지도 않고 연락도 안 된다고 했다. 아침 먹자, 약속 시간을 지키자, 스마트폰 하는 시간을 줄이자, 조금 일찍 자고 일찍 일어나자 등등의 엄마 잔소리에 아이는 대꾸도 하지 않았다. 화를 참지 못하고 폭발하면 고약한 눈빛을 발사했다. 순하고 고분고분하던 내 아이의 눈빛이라고 믿기 어려웠다. 사고도 있었다. 수습한다고 아이와 함께 시간과 품을 썼다. 이 정도면 달라질 법도 한데 아이는 달라지지 않았다. 031 국번으로 시작하는 전화번호가 전화기 화면에 뜨면 가슴이 철렁했다. 또 뭘 안 했고, 뭘 잘못했다고 연락이 오는 걸까 걱정부터 앞섰다.

당시 나는 50살을 향해 질주하고 있는 40대 후반이었다. 나의 첫 번아웃은 갱년기라고도 볼 수 있는 나이에 찾아왔다. 갱년기, 사춘기에 대해 인터넷 검색을 했다. 갱년기와 사춘기가 대치 중인 집이 많다고 했다. 40대 후반의 엄마는 10대 후반의 아이들을 두고 있는 경우가 많으니 당연했다. 다행히 갱년기와 사춘기가 대치하면 보통 갱년기가 이긴다고 했다. 어떤 엄마는 사춘기 아들에게 "갱년기랑 사춘기가 싸우면 갱년기가 이기거든!” 큰 소리로 외치고 나서부터 아들이 변했다고 했다. 나도 따라 해 보기로 했다.

저녁에 아들 방으로 갔다. 아들은 침대 헤드에 기대앉아 스마트폰을 두 손으로 잡고 키득키득 중얼거리며 게임을 하고 있었다. 엄마를 볼 때는 늘 눈동자의 흰자위가 보이게 눈을 치켜뜨고, 입은 당장이라도 저항의 외침이 터져 나올 듯 앙다물고 있는 반항의 표정이었다. 옛날 내 아들의 그 귀엽고 사랑스럽고 행복한 표정은 찾아볼 수 없었다. 도대체 뭐가 그렇게 불만이냐고 물어보면, 반항기 가득한 표정으로 내가 뭘 어쨌다고 그러는 거냐, 도대체 내가 뭘 잘못했냐며 고함을 쳤다. 게임을 하는 아들의 표정은 나를 볼 때의 표정과는 사뭇 달랐다.

갑자기 부아가 치밀어 올랐다. 요즘 엄마도 마음이 힘들다고, 너 아니어도 힘들어서 가족의 도움이 필요한 상황이라고, 차분하게 대화할 계획이었다. 아들의 표정을 보는 순간 대화로 이해를 구해보겠다는 원래의 계획은 흔적도 없이 사라졌다. 앞뒤 없이 고함을 쳤다.

“아들, 엄마 갱년기야. 몰랐지?

갱년기랑 사춘기랑 싸우면 갱년기가 이긴대, 알아?

어차피 내가 이기는 게임이니까 나한테 예쁘게 굴어!!”

발을 동동 구르고 숨이 차오르도록 씩씩대며 속사포를 발사했다. 이 녀석 분명 꿈틀할 거라고 생각했는데, 틀렸다. 아들은 스마트폰에 고정되어 있던 시선을 0.3초 나에게 나눠주더니 다시 원래로 돌아갔다. 차분한 그 모습에 더 화가 치밀어 더 쏘아붙였다.

"도대체 나한테 왜 그러냐고!!"

"내가 뭘!?"

아들은 3음절로 간단명료하게 대답하고 자기 하던 게임으로 돌아갔다. 계속 씩씩대며 서 있었지만, 아들은 개의치 않았다.

남편이 아들 방으로 왔다. 두 손으로 내 양어깨 끝을 잡고 아들을 향하고 있는 내 몸의 방향을 문 쪽으로 틀었다. "됐다. 가자…" 나지막이 속삭이며 어깨와 등을 지그시 밀어주었다. 어차피 다리에 힘도 풀렸고, 아들 곁에 더 서서 절규한다고 달라질 것도 없었다. 못이기는 척 아들 방의 문을 닫고 나왔다. 분명 갱년기가 사춘기를 이긴다고 했는데, 우리 집은 아니었다. 큰 결심이 필요했고 실천에 더 큰 용기가 필요했던 내 외침에 아들은 꿈쩍도 하지 않았다. 그 사랑스럽고 예쁜 내 아들은 이제 없었다. 갱년기라는 핵폭탄급 무기를 들고도 나는 아들을 이길 수 없었다. 분하고 억울하고 서러웠다. 나는 뭘 해도 안 되는 사람이었다.

코로나로 등교하지 않고 가정학습하는 날이 계속되었다. 9시 정각 종이 울리기 전 온라인으로 접속하고 카메라와 마이크를 켜고 책상에 앉아 있어야 출석 처리가 되었다. 고등학생들에겐 출결도 대학입시와 직결되니 여간 신경 쓰이는 게 아니었다. 화면으로 출석하는 온라인 수업이지만 늦어도 10분 정도 먼저 일어나 세수하고, 머리도 정돈하고 수업 준비하고 로그인하길 바랐다.

　약속 시간은 약속 장소에 나타나기로 한 시간이 아니라, 함께 모인 목적의 활동을 하기 시작하는 시간이다. 그러니까 적어도 약속 시간보다 10분 전에는 약속 장소에 나가 있어야 하고, 목적한 활동을 하기 위한 물리적인 준비와 마음의 준비를 해야 한다는 것을 설명하고, 또 설명했다.

<내 곁에 있지?>

매일 아침 8시 50분에 아들을 깨우기 위해 아들 방으로 갔다. 아들은 엄마의 목소리를 들은 척도 하지 않았다. 포기하지 않고 아들 곁에서 계속 아들을 깨우는 동안 시간은 흘러갔다. 어느덧 8시 55분을 넘겨 8시 57분에 아들의 알람이 울렸다. 이제 일어나자고 설득하고 소리쳤던 엄마가 무안할 지경으로 태연하게 알람을 끄더니 침대에서 일어나 책상에 가서 앉고 노트북 전원을 켰다. 꼭 감정 없는 로봇이 하는 듯한 일련의 과정을 지켜보면서 아들에게 투명 인간 취급을 받는 것이 치욕스러웠다.

"내가 너를 어떻게 낳고 키웠는데…"

내가 제일 듣기 싫어하고 절대 하지 않으리라 맹세했던 말들이 결국 매일매일 두더지 게임의 두더지처럼 강력한 스프링을 딛고 여기저기서 튀어 올랐다. 설거지 한판을 한 번에 못 할 만큼 체력은 떨어졌는데, 매일 튀어나오는 한숨의 두더지를 잡느라 온몸의 힘을 다해 망치를 휘두르는 꼴이었다.

예상보다 오래 지속되었던 코로나 팬데믹으로 학생들의 학습 태도와 성적이 양극화가 되었다는 얘기가 있었다. 우리 집도 예외는 아니었다. 학습량이 많은 편은 아니었지만, 학교에서의 태도는 좋았던 큰아이의 성적이 수직 낙하하기 시작했다.

어느 날 아들이 구석에 박아둔 시험지를 보게 되었다. 시험을 보고 난 후의 시험지인지, 시험을 보기 전의 시험지인지 구별하기 어렵게 깨끗했다. '풀 수 있는 문제가 없어서 시간이 남으니 낙서나 해야겠다'

는 시험지 구석의 깨알만 한 아들의 메모를 발견했다. 공부도 곧잘 했고, 자존심은 하늘을 찌를 듯한 녀석이 시험 시간에 그런 낙서를 하는 마음이 어땠을까 생각하니 가슴이 아렸다.

선행학습을 시키지 않았고, 사교육보다 학교 수업에 의지했다. 혼자 공부하는 습관을 못 잡은 아이가 등교하지 않으니 성적이 점점 떨어지는 건 당연했다. 내 탓이었다. 바깥일에 미쳐 어린 내 아이들 곁에 있어 주지 못하고 남의 손에만 맡겼다. 공부하는 습관을 만들어줘야 할 때를 엄마가 챙기지 못하고 놓쳐버렸다. 공부에 흥미를 잃고 성적이 떨어지기 시작하는 순간이 있었을 텐데, 인지하지 못했고 흘려보냈다. 아이의 성장 과정에 있었을 변화를 알아차리고 대비책과 해결책을 세우지 못했던 것 모두 고작 헛사느라 바빴던 동안 아이 곁에서 돌보지 못한 내 탓 같았다.

번아웃도 죽겠는데 사춘기까지 나를 덮쳤다. 믿었던 가족에게 배신당했다는 말도 안 되는 생각까지 들었다. 몸의 덩치로 보나, 마음의 덩치로 보나 엄마가 강요한다고 달라질 상황이 아니었다.

사춘기는 아는 병이고 시간이 약이다. 총량의 법칙에 따라 절망이든 반항이든 실컷 하게 두면 오히려 금방 지나갈 거라고 믿기로 했다. 보지 않고 믿어야 믿는 거지, 봐야만 믿는 건 믿는 게 아니라는 말을 듣기로 했다.

아들의 사춘기는 시간의 흐름에 따라 총량을 채우며 자연스럽게 세가 약해졌다. 지나고 보니 하늘이 무너질 것 같던 아들의 이벤트들은 별일도 아니었다. 늦잠 좀 자고, 아침 안 먹고, 학원 좀 늦고, 성적 떨어진다고 하늘이 무너지지 않는다. 크고 작은 사고들은 누구에게나 있기 마련이다. 워낙 손 가는 일 없던 아이라 작은 연락들에도 엄마가 많이 놀랐을 뿐이었다. 예전과 다르게 맷집이 약해진 걸 자각해서 엄마 가슴이 더 철렁했던 거였다.

상대를 가리지 않는 눈물보

나의 번아웃은 상대를 가리지 않았다. 낯선 사람에게 속을 훤히 보이는 일까지 했다. 때와 장소는 물론 이제 상대까지 가리지 못하는 스스로가 부끄러웠고, 언제 버튼이 눌릴지 모르는 시한폭탄을 들고 다니는 것처럼 조마조마 불안해졌다.

당시 나는 장애인 보조기기 회사의 대표였다. 선천적 장애, 사고나 질병의 후천적 원인으로 손을 사용하기 어려운 중증장애인들이 스마트폰을 사용할 수 있도록 연결하는 기기를 만들어 판매하는 회사였다. 꼭 필요한 사람이 있지만, 제품의 사용자들이 극소수여서 일반적인 제조, 판매 방법으로 좋은 제품을 만들어 판매하기 어려웠다.

어떻게 하면 품질 좋은 제품을 합리적인 가격에 판매할 수 있을까 고민하다가 국책과제를 활용하기로 했다. 기술력 있는 회사에서 국가의 지원을 받아 기술을 개발하고, 개발된 제품을 제조해서 우리 회사에 공급하는 방식이라면 양질의 제품을 합리적인 가격에 만들어 판매할 수 있다고 판단했다.

기술력 있는 회사의 대표를 소개받았다. 소개받은 회사 대표에게 연락해 내 사정을 이야기했다. 도와달라고 했다. 걱정과 달리 흔쾌히 수락했다. 바로 그 회사로 출근해서 지원할 수 있는 과제들을 검색하고 제안서를 작성하기 시작했다.

과제를 찾고, 제안서를 제출하고, 제안발표를 하고, 낙방하는 경험들이 쌓이기 시작했다. 경제 사정이 좋지 않아서인지 제안하는 과제마다 경쟁률이 높았다. 우리 제품은 사용자 수가 적어 원가가 높아질 수밖에 없어서 국책과제의 지원을 받기로 했지만, 사용자 수가 많아 기술개발 후 제품의 판매량이 많을 과제가 선정에도 더 유리했다. 누군가는 우리 제품의 필요를 알아줄 거라고 믿고 과제를 찾고 제안하는 작업을 계속했다.

그러던 중 우리 입장에 꼭 맞는 과제를 찾았다. 공고가 올라온 지 며칠 지난 상태여서 제안서 준비에 여유가 없었다. 병원이 공동연구기관으로 참여해야 한다는 요건도 있었다. 환자를 진료하는 병원과 기술개발 과제를 함께 수행하기는 쉽지 않았다. 그 주 금요일 긴 회의 끝에 제안서를 제출하기로 확정했고, 제안 요건부터 맞추기 위해 먼저 공동연구기관이 될 병원을 찾아 연락했다.

지난해 대한인간공학회 학회 발표에서 우리 제품의 소개를 요청

받아 발표한 적이 있었다. 그 당시 내 발표를 듣고 연락을 주셨던 병원의 교수님이 있었고, 함께 할 일, 도울 일이 있으면 적극적으로 돕겠다고 했다. 그 인연으로 받아두었던 연락처로 연락했다. 걱정과 달리 흔쾌히 함께 제안하는 것을 수락했다. 이제 제안서를 잘 작성할 차례였다.

제안서는 주말 동안 함께 작성하기로 했다. 제안서를 작성할 수 있는 기간이 짧아 마음이 불편했다. 토요일 오전 서둘러 출근했다. 대표는 아직 출근 전이었다. 노트북을 켰다. 제안서를 작성하는 일은 업무 강도가 높고 스트레스가 심했다. 시간은 촉박하고, 꼭 해야 하는 이야기를 정해진 분량과 형식에 맞춰 써야 했다. 과제 책임자는 주관기관과 공동기관의 역할을 조율해야 하고, 분야가 다른 연구원들의 연구 결과를 취합해서 성과를 내야 했다. 업무 강도는 높지만, 선정되지 않으면 남는 것은 없다.

노트북을 켜고 제안서 양식을 내려받아 파일을 열었다. 그동안 제안서를 작성해서 제출하고 선정되어 과제를 수행했던 경험들이 우르르 한꺼번에 쏟아져 내렸다. 좋은 경험보다 쓰리고 아픈 기억이 많았다. 회사에는 좋았던 일도 개인적으로 좋았는지 확신이 서지 않았다.

지금의 내 컨디션은 각기 다른 사람들의 요구를 조율하고 종합하는 역할을 해내기에 적합하지 않았다.

대표에게 전화를 걸었다.

"대표님 어디쯤이세요? 정말 죄송합니다."

"왜요? 지금 어디세요?"

"회사에 나와 있습니다. 대표님 정말 죄송하지만, 함께 프로젝트 하기로 했던 건 없던 일로 하고 싶습니다. 그동안 마음 써주시고 시간 내주셔서 감사했습니다. 잊지 않고 갚겠습니다."

"어제 무슨 일 있었어요? 제안서 쓰기로 했잖아요. 어렵게 공동연구기관도 정했고요. 갑자기 왜 마음이 달라졌어요?"

"그냥… 하고 싶지 않습니다. 정말 죄송합니다. 저 이제 들어가 보려고요 대표님도 회사로 오지 말고 귀가하세요. 정말 죄송합니다."

"잠시만요. 거의 도착했어요. 10분 후면 도착합니다. 제안서 안 써도 되고, 프로젝트 안 해도 됩니다. 회사까지 왔으니 얼굴이나 보고 가세요."

"…"

"저 아침 안 먹어서 배고파요. 같이 밥이나 먹고 들어가세요."

"네 알겠습니다."

내 제안서 때문에 주말 출근을 마다하지 않았는데, 미안하고 고마웠다. 기다리겠다고 했다. 기다리는 동안 별별 상상을 다 했다. '회사에 도착한 대표님에게 어떻게 말을 시작해야 하나? 왜 없던 일로 하자는 거냐고 물을 텐데 뭐라고 답하나. 거짓말을 할 수 없다면 내 개인적인 컨디션까지 얘기해야 하나.' 프로젝트를 부탁했지만, 개인적인 친분은 없었다. 낯설고 어려운 상대였다.

정말 10분 정도 후 대표가 도착했다. 성큼성큼 내 자리로 걸어와서 옆자리 의자에 앉아 바퀴를 굴려 내 책상 가까이 왔다. 프로젝트 안 하고, 제안서 안 써도 좋은데 얘기나 들어보자고 했다. 주책맞은 나의 번아웃은 낯설고 어려운 상대도 가리지 않았다. 이삼십 분 뜸을 들였다. 그리고 바싹 마른 입술로 이렇게 말했다.

"지금껏 숱하게 과제를 했지만, 저에게 좋았던 적은 한 번도 없었습니다."

통곡을 시작했다. 눈물 콧물 범벅이 되어, 울다, 웃다 반복하며, 낯설고 어려운 사람, 내가 누군지 아직 잘 모르고, 나도 그가 어떤 사람인지 잘 모르는 사람에게 별별 이야기를 다 토해냈다. 이야기 다발은 비엔나소시지처럼 줄줄이 이어졌다. 지금 생각해도 어이가 없고 부끄러워 얼굴이 붉어진다. 그 당시 나는 도대체 어떤 사람이었고, 어떤 마음이었을까.

이야기를 실컷 토해냈고, 그는 말없이 들었다. 우리에게 꼭 맞는 과제를 찾았고, 파트너가 되어 줄 좋은 공동연구기관도 찾았으니 주말 동안 제안서는 써 보자고 했다. 제안서를 제출해도 선정된다는 보장이 없었다. 그래도 이번에 그 제품의 제안서를 잘 써두면 국책과제로든 사업계획서로든 활용할 수 있다. 둘 다 이번 주말은 제안서를 쓰기 위해 시간을 비워뒀으니, 그냥 제안서를 써 보기나 하자고 설득했다.

같은 일도 상황이 달라지면 다른 국면이 열린다.

고마운 설득과 제안에 못 이기는 척 회사에 남아 제안서를 쓰기 시작했다. 시작하기도 버거워했던 일이었는데, 두 개의 아이템에 관한 제안서를 제출했다. 선정되기 어려울 거라는 예상과는 달리 한 개의 과제에 선정되었다. 덕분에 지금도 인연의 끈을 이어가고 있다.

제안서를 준비하는 주말 동안 식사하거나 쉴 때 계속 내 얘기를 했다. 어차피 망친 이미지였다. 다르게 보이기는 힘들었다. 더 조심하고 가린다고 달라질 것이 없었다. 나와 내 배경을 몰라서 더 편했는지도 모르겠다.

다른 사람이 될 수만 있다면

이런. 친구가 한 명도 없다. 반백 년 헛살았다.

진솔하게 나의 약하고 못난 마음을 털어놓는데 서툴렀다. 뭐든 잘하고, 인정받아야 상대의 마음에 들고, 관계를 시작하고 지속할 수 있다고 생각했다. 부족한 점은 어떻게 해서든 보완해서 좀 더 괜찮은 모습으로 보여주려고 했다. 못난 마음은 감추려고 노력했다.

그렇게 50년을 바싹 긴장하고 살았다.

몸과 마음이 무너져 내리니 솔직한 지금의 내 이야기가 하고 싶었다.

"나 지금 힘들어."

속 시원하게 털어놓기만 해도 한결 가벼워질 것 같았다.

그 세 마디 말을 내뱉는 게 왜 그리 어려울까?

힘들다는 말을 처음 듣는 사람은 그 말을 하는 나 자신이다. 그리고 들어줄 이도 나 자신이다. 그 차가운 메아리와 같은 고립감을 더 참을 수 없으면 결국 말이 아닌 울음으로 터져 나오는 것이다.

하지만 남편에게는 여전히 털어놓고 싶지 않았다. 가장 가까운 사람이고, 오래오래 사랑받고 싶은 사람이었다. 그래서 못난 모습을 보이고 싶지 않았다.

아버지, 남동생들과도 힘든 얘기를 나누고 싶지 않았다. 아버지에게 힘든 이야기를 하면 속이 더 시끄럽고 어지러워졌다. 어릴 때 동생들과는 경쟁 관계에 있었다. 형편 어려운 집, 3명의 연년생을 포함하는 4남매는 기회를 두고 경쟁했다. 경쟁 관계에서는 서로의 약점이 상대에게 공격의 기회가 되었다. 철들고 성인이 되어 각자의 길을 살고 있다.

더 이상 경쟁 관계는 아니지만, 아프고 약한 이야기를 남동생들에게 털어놓는 것이 편하지 않았다.

지금의 내 이야기를 누구에게 할까?

전화기의 연락처를 열었다. 삼천 명쯤 되는 사람들의 연락처가 입력되어 있었다. 빠르게 쭈욱 훑어 내려갔다. 오랜 직장생활로 숱하게 많은 업무상 만났던 사람들이 입력되어 있었다. 혹시나 법인 매출로 연결되는 연락이 오지 않을까 실낱같은 희망으로 명함을 받고 입력해 둔 사람들… 얼굴은 고사하고 소속, 이름도 생각나지 않았다. 언제 어디서 연락처를 받았는지도 기억에 없었다. 이런 연락처를 가득 담고 있는 자신이 한심했다.

갑자기 저 깊은 속에서 불덩이가 훅하고 치솟았다.

내 주된 동선은 '집-회사-집-회사'였다. 약속이 있어도 회사 회식, 고객과의 식사 자리였다. 개인적인 약속은 명절, 양가 부모님 생신, 어버이날에 부모님을 뵙는 자리 정도였다. 그렇게 단순하게 사느라 좋아하는 친구를 1년에 한 번 만나기도 어려웠다. 눈에서 멀어지면 마음에서 멀어진다고, 수년을 소원하게 지내다 불쑥 연락해서 보고 싶다고 하기도 쉽지 않았다. 회사에서 임원인 나는 직원들과 마음을 터놓고 소통하는 것도 어려웠다. 그래서일까. 가슴 한구석이 늘 시렸다.

지금은 비상사태였다. 누군가 내 이야기를 들어주는 사람이 필요했다. 연락처를 다시 훑어도 마음에 들어오는 사람이 없었다.

이렇게 힘들어 죽겠는데 믿고 털어놓을 사람 한 명 없다니. 나 50년 동안 뭐하며 산 걸까.

믿을만한 친구 한 명 없는 내 처지가 서럽고 원망스러웠다. 지난날이 모두 후회스러웠다. 방법만 있다면 다시 살고 싶었다. 다른 사람으로 살고 싶었다. 지금의 나로는 더 이상 살고 싶지도 않았고, 살 이유도 없었다.

'나, 이름 바꿀까?'

심각하게 고민했다. 지금까지 박윤경으로 불리면서 살았던 지난날들을 새로 살고 싶었다. 필요할 때 터놓고 얘기할 사람 없는 내 연락처 목록이 한심했다.

마음을 열어놓을 사람 하나 없는 연락처라면 차라리 없는 게 낫지 않을까. 전화번호를 바꾸고 인간관계를 처음부터 다시 시작해 볼까. 이름도 바꾸고 연락처도 바꾸고. 그래, 사는 곳도 완전히 낯선 곳으로 옮겨볼까.

얼마 전, 대기업에 다니다가 어느 날 갑자기 잠적했던(개명했고, 전화번호도 바꿨고, 이사도 했다고 했다) 동료가 작가가 되어 나타났다는 친구 이야기의 영향도 있었을 거다. 막연히 다른 사람으로 살아보고 싶다는 희미한 바람이 선명하게 실천한 누군가의 이야기를 통해 구체적인 목표가 되고 있었다. 한동안 눈만 뜨면 개명 절차를 알아보고, 이름과 전화번호를 바꾸면 해야 할 일을 정리하며 지냈다. 당장이라도 이사를 하고 싶었지만, 남편의 직장도 있었고, 학생인 남매를 키우는 엄마가 번아웃을 이유로 이사를 결심하기는 쉽지 않았다.

어떻게 하면 남은 시간은 다른 사람으로 살 수 있을지 고민하고 또 고민했다. 일단 내 것이 되면 좋아 보였고, 아끼고 소중히 다루며 살았다. 이제 내 것은 다 싫고, 남의 것은 무조건 좋아 보였다. 내 이름만 아니면 좋을 것 같았고, 새로 사귀는 친구는 무조건 나와 잘 맞을 것 같았다. 불가능했지만, 시골 마을에 이사가 주택에 살면 한갓지고 행복할 것 같았다. 내 것은 다 내다 버리고, 남의 것으로 다시 채우고 싶었다.

그렇게 수개월을 보내고 나서 깨달았다. 억울하고 원통할 일이 아니었다. 한참 일하고 결혼하고 아이 낳아 키울 내 연령대의 사람들은 비슷하게 바쁘고 고단하게 살았다. 내 취미생활을 즐기고, 친구들과 자주 만나 시간을 보내고, 피곤하다고 실컷 쉬며 한눈팔 새가 없었다. 그렇게 살아야 일을 계속하면서 결혼도 하고 아이도 키울 수 있었다. 모두 비슷하게 그렇게 살았다. 그 당시엔 나만 보였다. 내 처지만 너무 억울하고 원통했다.

마음을 고쳐먹고, 내 마음부터 열고 다가서니 내 이야기에 공감하고 함께 마음 아파해 주고 따뜻하게 보듬어 주는 많은 나의 사람들이 있었다. 문득 생각나고 보고 싶어 연락하면 모두 진심으로 내 상황을 공감하고 걱정해줬다. 그동안 내가 늘 너무 바빠 보여 연락하지 못했다는 친구들도 많았다. 당장 밥부터 먹자며 약속을 잡았고, 혼자 울지 말고 혼자 고민하지 말고 혼자 아파하지 말라고 신신당부했다.

이렇게 소중한 나의 사람들이 그땐 왜 보이지 않았을까?

눈을 크게 뜨고 두리번거리며 살펴봐야 찾을 수 있는데, 내가 두 눈을 꼭 감고 같은 자리에 앉아 있어서 안 보이는 걸 없다고 투정 부리고 있었다.

<눈 감지 마>

II

날개를 고쳤다

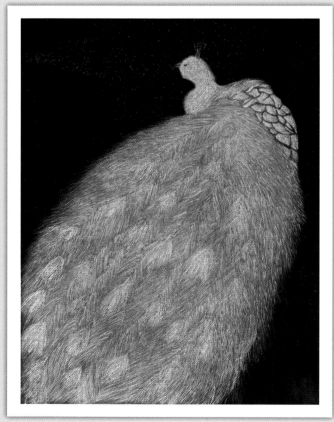

\<차선이 모여 최선\>

반갑다 변덕

"우울하게 해주세요."

기도해야 하는 걸까?

도대체 우울의 끝은 어디일까 궁금했다. 우울의 끝에 다다르면 뭐가 있을까 두려웠다. 우울의 끝에 도달한 건지, 행로를 변경한 건지 알수 없지만 달라진 번아웃의 양상은 차라리 우울한 게 나을 수 있겠다는 생각까지 하게 했다.

한참을 절인 배추처럼 축 처져있는 것이 힘들었다. 눈물샘은 언제 마를지 궁금했다. 매일매일 먹어 치우는 세끼 밥의 열량은 어디로 휘발되어 기력이라곤 찾아볼 수 없는지 분했다.

언젠가부터 갑자기 증상이 바뀌었다. 침울했다 흥분했다, 슬펐다 즐거웠다, 오색찬란한 감정 구슬의 목걸이 매듭이 풀려 사방에 흐트

러진 것 같았다. 주변이 온통 동그랗고 매끄러운 감정의 구슬로 덮여 있었다. 오늘은, 지금은, 어떤 구슬을 밟고 미끄러져 어떤 방향으로 넘어질지 예측하기 어려웠다. '내 인생은 망했다, 이제 틀렸어'라는 생각으로 오열하다, 갑자기 뭐든 시작하면 금방 회복하고 성공할 수 있을 것 같았다. 아침에 눈을 뜨면서 궁금했다. 오늘 하루는 패잔병으로 시작할지, 승리의 용사로 시작할지.

늘어져만 있던 컨디션이 극과 극을 오가는 것으로 느닷없이 모습을 바꾸니 두려웠다. 교체의 동기나 주기도 일정치 않으니 어느 장단에 맞춰야 할지 종잡을 수도 없었다. 그래도 울기만 하는 것보다 울었다 웃었다 하는 게 낫다. 짜증만 부리기보다는 짜증을 부렸다가도 웃음보를 터뜨리기를 반복하는 게 낫다. 힘들기만 한 것보다 충전과 방전을 반복하는 것이 살만했다.

번아웃이 시작되고 가장 힘든 건 무엇을 해도 변하지 않는 내 상태였다. 그토록 발버둥을 쳐도 꿈쩍도 안 하던 컨디션에 변화가 생겼다. 두렵지만 반가웠다. 이 변화를 번아웃에서 벗어나는 동력으로 활용할 수 있지 않을까 궁금했다. 아니, 그렇게 믿기로 했다. 믿고 뭐라도 해보자, 변화의 시작을 찾아보자 다짐하고 또 다짐했다.

<눈 감아도 돼>

그림 찾아 삼만리

빈둥빈둥 가시방석

.

늘 마음이 바빠 아이들의 이야기를 진득하게 들어주지 못했다. 번아웃으로 넘어진 김에 그동안 못했던 엄마 노릇을 하기로 했다. 좀 느긋하게 시간을 쓰며 빈둥거려 보기로 했다. 아이들 학교 갈 준비를 같이하고, 멀지 않은 학교까지 굳이 태워다 주고 왔다. 식구들이 각자의 자리로 떠나고 남겨진 빈집을 독차지했다. 나만의 공간이라는 느낌 속에서 긴장을 풀어놓고 싶었다.

어떤 날은 오전 내내 소파에 누워 케이블 TV를 틀어놓고 빈둥거렸다. 어떤 날은 바닥에 책을 펼치고, 배를 대고 엎드려 졸다 읽다를 반복했다. 그토록 하고 싶었던 평일 낮 아웃렛 쇼핑도 가 봤다. 그렇게 나 홀로 시간을 보내고 아이들을 맞았다. 간식도 챙겨주고 학원도 데려다주었다.

언젠가부터 둘째 아이는 학교에 가면서 묻기 시작했다.

"엄마, 오늘도 집에 있어?"

"응. 집에 있을 거야."

"진짜?"

"학교 마치고 잠깐 집에 들렀다 가방만 바꿔 들고 가는데, 엄마가 집에 있는 거랑 없는 거랑 달라?"

"그럼! 당연히 다르지."

"에이 무슨. 엄마 집에 있어도 숙제하고 동영상 보고 자기 할 거 하는데, 뭐가 달라?"

"달라. 완전 완전 완전 달라! 엄마가 집에 있으면 다른 방에 있어도, 눈에 안 보여도 든든하고 좋아."

"그렇구나. 알았어. 엄마 오늘 집에 있으니 걱정하지 마."

"그리고… 그동안 학교 마치고 아무도 없는 집에 혼자 들어오는 거, 특히 깜깜한 집에 불 켜면서 들어오기 사실 너무 무섭고 싫었거든."

"그랬구나, 우리 지우. 엄마 바보같이 몰랐어. 몰라서 미안해."

참 좋았지만, 여유롭게 보내는 시간은 여전히 낯설었고 불편했다. 이렇다 할 성과 없이 보내고 밤이 되면 마음이 가시방석에 앉아 있는 듯 불편했고 불안했다. 넘어진 김에 쉬어보고, 쉬는 게 괜찮으면 오래

오래 놀아볼까 하고 꾀를 부려봤다. 그렇지만 뭐라도 해야 불편함과 불안이 줄어들 것 같았다. 뭐를 하면 좋을까. 어디서부터 시작해야 할까. 무엇을 하든, 어떻게 시작하든 예전처럼 남에게, 세상에게 등 떠밀려 하고 싶지는 않은데.

<잠 충전하자>

회복엔 운동부터

몇 년 전 골프를 시작했다. 회사 일에 필요했다. 회사 일로 갔던 라운딩은 '일'이었다. 마음 맞는 친구들하고 가면 소풍처럼 즐거울 것만 같았다. 잘 뜨던 공이 떼굴떼굴 구르기 시작했다. 즐겁지 않았다. 넓은 잔디밭을 삽질하며 헤매고 있는 자신이 초라하고 한심했다. 다른 사람의 시선도 신경 쓰이기 시작했다. 내 뒤에서 웅성웅성 나를 비웃는 것만 같았다. 플레이를 지연시키는 것이 미안했고, 동반자들의 분위기도 마음 쓰였다.

즐겁지 않은 걸 왜 계속하고 있을까?

골프 자체보다 플레이가 시작되면 고립되는 분위기를 좋아했다.

골프장의 분위기가 좋긴 했지만, 고립되고 싶을 때마다 가기엔 부담이 컸다. 산소탱크가 되어 줄 다른 운동을 찾았다. 성향이 비슷한 친구가 권했던 요가가 생각났다. 마음먹은 김에 동네 센터에 등록했다. 요가를 시작하고 얼마 안 되어 선생님에게 물었다.

"요가를 계속하면 제 몸도 폴더폰처럼 확확 접힐까요? 선생님 몸처럼요."

"아, 윤경님. 몸을 접는 게 아니라 펴는 거예요. 불필요한 긴장을 풀고 몸을 쭉 펴서 갈비뼈 사이사이, 근육 사이사이 공간을 만들고 그곳으로 호흡한다고 생각해 보세요. 점점 몸이 펴질 거고, 그 모습이 다른 사람이 보기엔 접히는 걸로 보일 수 있어요."

선생님이 웃으면서 설명했다.

"아, 접는 게 아니라 펴는 거라고요? 접든 펴든, 저도 계속하면 점점 나아질까요?"

처음 듣는 얘기가 신기했고, 정말 그런 변화가 내 몸에도 나타날까 의심도 생겼다.

"당연하죠. 지금도 처음 운동 시작할 때 비하면 많이 좋아졌어요. 제가 보기에도 알겠는데, 윤경님 스스로 모르겠어요?"

"아뇨! 알아요, 선생님. 그럼 선생님을 믿고 더 꾸준히 해 볼게요!"

땀구멍이 열린 걸까. 아무리 더워도 땀을 흘리지 않고 얼굴만 발갛게 달아오르는 내가 요가를 하면 옴 몸에서 땀방울이 비 오듯 흘러내리기 시작했다. 가끔은 이마에서 시작해서 얼굴을 타고 흘러내리는 땀방울이 눈물 같은 날도 있었고, 어떤 날은 정말 눈물이 섞여 흐르기도 했다. 그렇게 몸과 마음의 물방울을 흘리고 샤워기 헤드로 땀방울, 눈물방울을 씻어내면 후련했다. 꼭꼭 숨겨두었던 감정의 회오리를 팔팔 끓여 소독해 멀리 날려 보낸 것 같았다.

충고 말고 공감

나는 삼남일녀 4남매의 장녀다.

엄마와 할머니가 돌아가신 후 우리 집에 여자는 나뿐이었다.

변리사가 되고 나서도 일의 특성상 만나는 사람 대부분이 남자였다. 나도 자연스럽게 남성화되어 남자들과 일하는 것이 편안했다. 문제가 생기면 '힘들겠구나'라는 공감보다 '봐, 이렇게 하면 되지?' 구체적인 해결 방법을 알려주는 사람을 선호했다.

나도 공감보다는 해결책을 제시하거나 충고하는 편이었다. 그러나 심신이 무너져 내리니 충고보다 위로를, 해결책보다는 공감을 받고 싶었다. 대단한 걸 알려주지 않아도 괜찮았다. 아무것도 묻지 않고, 충고 따위 하지 않고 포근하게 안아주고, 두 손 모아 잡아주고, 눈물 한 번 훔쳐줄 누군가가 그리웠다. 나는 모성이 고팠다.

<작아서 소중해>

번아웃이 시작된 후 유튜브로 좋은 이야기들을 찾아 들었다. 유튜브 알고리즘에 가장 많이 등장하는 김미경 언니(내 마음대로)가 있었다. 김미경 언니 정도면 내 어려운 이야기를 다 들어주고, 토닥이며 안아주고, 힘들게 하는 사람 모두를 혼내줄 것 같았다. 열정대학 홈페이지를 찾아 들어갔다. 무수히 많은 언니, 여동생들이 이미 모여있었다. 여기다! 싶었다. 조금의 망설임도 없이 열정대학 2021학번이 되었다.

열정대학에 입학해서 낯선 언니, 동생들과 함께 배우고 소통하며 지냈다. 대한민국 하늘 아래 비슷한 세월을 살아온 여자들의 너무도 다른 인생을 간접적으로 경험하면서 지금껏 살아온 삶의 영역이 전부가 아니라는 걸 알았다. 앞으로 다르게 살아봐도 하늘이 무너지지 않을 거라는 믿음도 생겼다. 그 믿음을 발판으로 우물 안 개구리가 우물 밖으로 한발 한발 나가볼 용기를 갖게 되었다.

도망칠 핑계

모르는 번호의 전화벨이 울렸다.

처음에 무슨 얘기를 하는지 몰랐다. 계속 듣다 보니 특허심판원 심판관으로 일해 달라는 제안이었다.

*

번아웃 증상이 심해지면서 일을 정리하고 줄였다. 예전처럼 종일 근무로 일할 수 있는 컨디션이 아니었다. 20년 세월 꽉 차게 하던 일을 줄이고 나니 마음이 헛헛하던 차였다. 이대로 영원히 다시 일할 수 없으면 어쩌나 조바심도 났다. 변리사들이 일하는 모습은 다양하다. 특허청, 특허심판원, 법원을 상대로 하는 대리업무가 전통적인 일이지만, 기업체의 특허 부서, 대학의 산학협력단에 입사해서 인하우스 변리사로 일하기도 한다. 특허청의 심사관, 특허심판원의 심판관, 법원의 기술심리관으로 일하는 변리사도 있다. 요즘은 특허를 담보로 대출을 실행하거나, 기업의 가치를 평가할 때 특허의 가치도 포함해서 평가하기 때문에 금융기관에서 일하는 변리사도 있다. 다양한 모습의 변리사들이 있지만 한 번도 전통적인 대리업무 이외의 직장에 대해 생각해 본 적이 없었다. 남편과 의논했다.

"낯선 번호로 연락이 왔어. 듣고 있자니 특허심판원으로 오라는 제안이더라고. 어떻게 하지?"

"네 마음은 어때? 가고 싶어?"

"음… 아주 정확한 내 마음은 모르겠어. 그런데 완전한 'NO'는 아니야. 걱정되는 점들이 있지만, 일만 생각하면 해 보고 싶어. 새로운 일을 해 보고 싶다고 생각하던 참이었거든. 특허심판원 일을 해 본 적이 없어서 해 보고 싶어. 장기적으로 보면 내 커리어에 도움도 되고."

"하고 싶으면 해야지. 해 봐. 간다고 해."

"조금만 더 생각해 보고."

며칠 후, 정중하게 거절했다.

특허심판관으로 일하게 되면 대전에서 근무해야 했다. 나에게는 대전 근무가 시기상조였다. 거절했지만, 일자리 제안 덕분에 내게는 혼자 지내보고 싶은 바람이 있다는 걸 깨달았다. 그 바람은 의무감으로 가득한 현실에서 잠시 벗어나고 싶은 마음에서 나왔다는 것도 알아차렸다.

최선을 다한 헛짓들

그 밖에도 나의 다양한 헛짓들은 한참 계속되었다.

모닝페이지 쓰기, 세바시 인생질문 치어리더, 미션캠프의 상상캠프, 밑미의 나를 껴안는 글쓰기, 음악 들으며 글쓰기 등의 목적 없는 글쓰기, 5개월간의 심리상담, 그림책 만들기 과정 수료, 미술치료사 과정 수료에 창조성 워크숍도 했고, 하다 하다 노래도 불러봤다. 취미생활 못한 것에 한 맺힌 사람처럼 쉴 새 없이 새롭고 다양한 것을 배우고 체험했다.

덕분에 나는 어떤 보편적 인간으로서의 안도감과 소속감 그리고 일체감을 느꼈다. 이렇게 다양한 사람들이, 생각지도 못한 취미생활을 하며 살고 있는 세상. 나도 그런 세상을 이루는 한 명이라는 걸 깨달았다.

동시에 어떤 삶의 의지와 연대의 욕망이 샘솟았다. 지금도 이 세상엔 내가 경험하지 못한 것, 상상조차 하지 못하는 일들이 얼마나 다양하게 벌어지고 있을까. 좀 더 살아보고 경험해 보고 싶어졌다. 새로 시작하는 나의 도전들은 더 넓은 세상에서 더욱 다양한 사람들과 같이 하고 싶었다.

<이리 모여 봐>

마음의 허들 치우기

어지르기 싫어서

설득당했다.

옆자리 디자이너 동료가 바퀴 달린 의자에 앉은 채 바퀴를 굴려 내 옆으로 왔다. 자신의 아이패드를 켜고 그림을 보여주었다.

"변리사님 어때요?"
"와! 정말 잘 그렸어요. 디자이너라 그림 솜씨가 좋으시네요!"
"제 그림 솜씨가 좋은 게 아니라 장비가 좋은 겁니다. 요즘은 아이 패드로 진짜 그림처럼 그릴 수 있어요."

"이 그림들이 아이패드로 그린 거라고요? 디지털펜으로요?"

"네! 아이패드에 애플펜슬로 그린 것 맞아요."

"저도 한참 전 디지털펜이 처음 나왔을 때 궁금해서 써봤어요. 그
땐 버퍼링, 끊김이 있어서 생각처럼 잘 안 그려졌거든요. 디지털은 한
계가 있구나 해서 내려놨었는데…"

"그동안 기술이 좋아졌어요. 써보시면 깜짝 놀라실 거예요!"

몇 년 전, 디지털펜이 처음 나왔을 때 호기심에 몇 번 써봤다. 애플
펜슬의 움직임과 액정에의 구현에는 시차가 있어서 생각처럼 잘 그려
지지 않았다. 정교한 표현도 어려워 보였다. 디자이너 동료가 보여준
그림은 디지털 드로잉이라고 믿기 어렵게 정교하게 잘 그린 그림이었
다. 관심을 보였더니 드로잉 앱을 켜서 나에게 건넸다.

"전에 그림 그리고 싶었던 적 있다고 하셨죠? 아이패드에 그려 보
세요."

"그림을 그리고 싶었다기보다는 그림으로 전하고 싶은 이야기가
있었어요."

"그림을 그리고 싶다는 마음도 있을 거예요. 그림에 전혀 관심이 없
으면 그런 생각도 안 들어요. 일단 아이패드로 시작해 보세요."

"태블릿 써본 적 있는데요, 저하고는 잘 안 맞았어요. 간단하고 급
한 일은 스마트폰이 더 편하고, 본격적으로 일하거나 문서 작업을 하
는 건 결국 노트북을 켜게 되고요. 새로운 걸 배워야 하는 것도 부담

되고요.”

“아이패드로 다른 건 하지 말고, 그림만 그려 보세요. 그냥 스케치북처럼 쓰는 거죠. 변리사님 발표 자료 잘 만드시죠? 아이패드 드로잉은 파워포인트하고 비슷한 점이 많아요. 어려워하지 않고 금방 쓰실수 있어요.”

“진짜 그럴까요? 아이패드가 좋은 도구라고 해도… 에이, 제가 무슨 그림을 그려요.”

동료는 드로잉 앱을 켜고 액정에 백지를 꺼냈다. 애플펜슬로 직선, 곡선, 동그라미, 사각형 등 기본적인 도형을 그려서 보여주었다. 그렸던 선과 면을 앱 안의 지우개로 말끔히 지우기도 했고, 레이어 기능으로 종이 그림에 비해 쉽게 색칠하는 것도 보여주었다. 파워포인트하고 비슷한 점이 많았다. 낯선 대상에 대한 거부감과 긴장이 조금씩 누그러들고 있었다.

“정말 파워포인트하고 비슷하네요. 이런 작업이 디지털 세상에서 가능하다니 신기해요!”

“변리사님도 금방 하실 수 있어요. 그림을 그리려면 준비물도 필요하고, 그린 후 정리하기도 귀찮고 번거롭잖아요. 그래서 사람들이 그림 그릴 생각을 못 하기도 해요. 아이패드 그림은 아이패드를 켜면 스케치북, 물감, 붓 등등 다양한 그리기 도구들이 생기고, 아이패드를 끄면 거짓말처럼 말끔히 정리됩니다. 어지르기 싫어하시는 변리사님 마음에 꼭 드실 겁니다."

"정말, 그럴까요?"

점점 마음이 아이패드로 기울고 있었다. 생각해 보니 소문내지 않고 딴청 부리기에 이보다 좋은 도구가 없었다. 나는 물에 빠져 허우적거리는 중이었다. 지푸라기라도 잡는 심정으로 아이패드를 장만해 볼까 싶었다. 당시 나는 뭐라도 해야 했고, 그래서 '속는 셈 치고' 하기로 했다. 도전을 결심했지만, 당연히 계속 그리지 못할 거라고 예상했다. 계속 못 그리면 아이패드는 업무용으로 쓰거나 아이들에게 물려주면 된다고 변명거리도 미리 찾아두었다. 그렇지만 '그림'이라는 딴청의 조각이, 과열되어 멈춘 일상의 퍼즐에 생동감을 찾아주길 바라는 마음이 훨씬 더 컸다.

아이패드를 장만했다.

애플스토어에 갔다. '품절' 아이패드가 품절이란다.

하지만 오늘 꼭 사야만 했다. 이대로 집에 돌아가면 아이패드로 정말 그림을 그릴 것인지에 대해 자문하면서 아이패드를 사지 않기로 결심할 게 뻔했다. 신선한 자극으로 에너지가 회복될 기회를 놓쳐버릴 것 같았다.

애플스토어 직원에게 아이패드 재고가 다른 매장 어디에 있는지 물었다. 나는 오늘 꼭 아이패드를 사야 한다고 했다. 이마트 킨텍스점은 애플 제품의 재고를 넉넉히 두고 있다고 했으니, 아이패드 재고도 있을 거라고 했다. 부리나케 이마트 킨텍스점으로 발길을 옮겼다. 이마트 킨텍스점에는 재고가 있었다. 망설임 없이 결제하고 서둘러 집으로 돌아왔다. 누가 내 아이패드를 빼앗아 가는 것도 아닌데 마음이 급했다.

집에 도착하자마자 유튜브로 미리 봐 두었던 드로잉 앱을 설치했다. 우선 스케치북에 간단한 그림 그리는 정도의 기본적인 사용 방법을 동영상으로 익히고 바로 드로잉 앱을 켰다. 핸드폰 앨범을 열었다. 제일 먼저 보이고, 제일 많은 사진은 딸아이 사진이었다. 나의 첫 그림은 내 딸로 결정했다.

화면에 그리는 그림은 처음이었다. 모든 일의 처음은 낯설고 설렌다. 스케치북을 열듯 드로잉 앱의 캔버스를 만들었다. 디지털 6B연필로 스마트폰을 들고 있는 딸아이 모습을 스케치했다. 선명한 펜으로 바꿔 윤곽선을 정리하고 어울리는 디지털붓으로 색을 칠해 완성했다. 사진 속의 민트색도, 내가 골라 칠한 그림의 민트색도 아름다웠다. 마음에 들었다. 손가락 끝이 예쁘게 휘어지는 딸의 사랑스러운 손도 제법 잘 표현되었다.

<나의 첫 아이패드 드로잉>

<디지털 드로잉 시작하기>

준비물

★ 아이패드와 애플펜슬
★ 프로크리에이트(PROCREAT)
  - 유료 어플
  (한 번 구입하면 평생 사용 가능)
  - 다양한 브러쉬 별도 구입 가능
  - ISO에서만 사용 가능

기타 어플

★ 스케치북(Sketchbook)
★ 이비스 페인트 X

디지털 드로잉의 좋은 점

★ 넓은 공간이 없어도 된다
★ 어지르지 않을 수 있다
★ 고치기 쉽다
★ 레이어 등 다양한 도구, 기능을
  활용할 수 있다
★ 결과물을 깨끗하게 저장하고
  배포할 수 있다

디지털 드로잉의 불편한 점

★ 초기 비용(아이패드와 애플펜슬
  구입)이 많이 든다
★ 데이터 보관을 잘못하면 그림이
  날아간다
★ 고치기 쉬워서 계속 고치고
  싶어진다
★ 다양한 기능이 그림을 끝내는 데
  방해가 될 수 있다

시작이 두려워서

우리 각자의 유년 시절을 생각해 보자.

우리는 어떻게 그림을 그리는지 전혀 배우지 않았는데도 종이와 연필만 있으면 그림을 그렸다. 때로는 종이나 연필도 없이 달력에도 모랫바닥에도 물에도 그림을 그렸다. 그렇다. 우리는 사실 글보다도 먼저 그림을 그렸다. 밥 먹고 놀고 꿈을 꾸듯 당연하게 그림을 그렸었다.

그런데 일방적인 교육에 길들어 어른이 되니, 그림이 어렵다. 부담스럽다. 때론 두렵기까지 하다. 그림을 전공하거나 그림이 직업인 특별한 사람들만 그릴 수 있는 특권처럼 느껴진다. 이것이 우리의 통념으로 굳어졌다.

어른이 된 나도 처음엔 무얼 그릴지, 어디서부터 그림을 시작할지 엄두조차 내지 못했다. 그려야지 마음을 먹었지만, 갑자기 그리려니 어디서부터 어떻게 시작해야 할지 몰랐다. 누구에게 어떻게 배울까 고민하던 끝에 학교나 화실의 정규코스보다 가볍게 시작할 수 있는 원데이클래스에 가기로 했다.

한참 전, 출장을 다녀오면 출장지의 모습을 담당자들이나 세상에 전해야 한다고 생각했던 적이 있다. 사진을 찍어 전달하면 가장 좋겠지만, 개인의 생활 공간, 사람들의 사진을 그대로 공개할 수 없었다. 글이나 말로 아무리 자세히 설명해도 한계가 있었다. 이미지가 좋은데 사진으로 할 수 없으니 사진을 대체할 방법으로 그림을 생각했다. 예술 작품처럼 정교한 그림을 원했던 것이 아니라 빨리 여러 장 그려 세상에 전달하는 정보성 그림을 그리고 싶었다. 신속하게 그리는 재료에 적합한 마카 드로잉 원데이클래스에 다녀왔다.

 원데이클래스에 가보니 정규코스로 배우는 것보다 재미있었다. 정해진 시간 안에 그리려는 것을 약식으로 빠르게 배웠다. 배움을 시작할 때의 이론과 기초 수업이 참 지루한데 원데이클래스는 바로 실전으로 진입하니 지루할 틈이 없었다. 이론과 기초는 실기를 하다가 궁금할 때마다 찾아서 공부하는 것이 더 효율적이기도 했다. 실습 시간 마치고 손에 거머쥐는 결과물이 있으니 뿌듯하고 만족스러웠다.

 그 후로도 새로운 재료에 도전하고 싶을 땐 원데이클래스에 갔다. Zzoya 화가님 작업실에 가서 마카 일러스트를 배웠고, 김인수 화가님 원데이클래스에 가서 수묵화로 나무 그리는 법을 배웠다. 과슈 물감이 궁금해서 이민진 화가님 원데이클래스에 가서 과슈 물감을 쓰는 것을 배웠다.

 원데이클래스에 가면 그리기 전 간단하게 재료에 대한 설명도 들을 수 있었다. 그림을 그리고 싶은데 어떻게 시작해야 할지 막막하다면 원데이클래스에 가보는 것도 좋다.

<여기가 내 자리>

완벽주의가 걱정돼서

첫째, 스케치 없이 그리기.
둘째, 망쳤다 생각이 들어도 끝까지 그리기.
셋째, 아무리 길어도 30분 넘게 그리지 않기.

펜화를 그리면서 정한 망칠 수밖에 없는 원칙이었다.
'아, 망쳤다. 찢어버리고 다시 그리자!' 속삭임이 호시탐탐 내 마음을 유혹했지만, 망칠 수밖에 없는 방법으로 그렸음을 잊지 않고 끝까지 그렸다. 신기하게도 완성하고 보면 신경 쓰였던 부분이 자연스럽게 전체 그림과 어우러졌다. 어느 부분이 마음에 흡족하지 않았는지 찾기 어려운 날도 있었다.

펜화는 처음인데 스케치 없이 그리려니 더 힘들고 어려웠다. 그래서일까. 잘못 그려도 큰 탈 없고, 수습하기 수월한 자연물을 그리는 날이 많았다.
그런 날들이 쌓여 마음이 단단해지고 용기가 생겼던 걸까?
문득 사람을 그리고 싶었다. 아이패드로는 사람을 많이 그렸다. 아이패드는 가장 큰 장점이 말끔히 지울 수 있다는 것이다. 사람을 그리다 잘못 그리면 지우고 고치면 됐다. 펜화는 지우고 고칠 수 없었다.

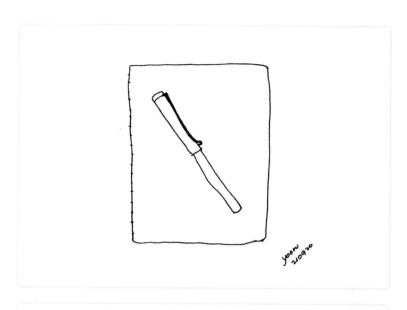

<나의 첫 펜화들: 펜화 준비(上) / 신호 대기 중(下)>

스케치 없이 펜으로 사람을 그릴 수 있을까 걱정이 앞섰지만, 오늘은 꼭 사람을 그리고 싶었다. 알록달록 풍선 뭉치를 들고 맨발로 잔디 위를 뛰어가는 소녀의 뒷모습을 그리고 싶었다.

노트를 폈다. 뚜껑을 닫은 펜으로 노트 위에 투명하게 그림의 위치를 대략 잡았다. 소녀의 머리카락은 선으로 그리고, 반바지는 면을 메워서 채색하고, 알록달록 풍선은 물방울, 바둑판 등 무늬로 다르게 채색해야지 계획을 세웠다. 계획대로 차분히 하나하나 선을 긋고 면을 채워 나갔다.

하지만 사소한 뒤틀림과 삐져나온 선, 어딘가 불균형한 구도를 알아차리자마자 '망쳤다, 찢어버리고 다시 그리자' 속삭임이 따라붙었다. 질끈 두 눈을 감았다. '그래도 찢어버리거나 포기하지 말자.' 그렇게 매 순간 다짐하듯 끝까지 그려 완성했다. 망칠 수밖에 없는 방법으로 그렸다는 걸 잊지 않았다. 끝까지 그리면 신경 쓰였던 부분들이 전체 그림에 스며들어 있었다. 몇 번이나 그림을 찢어버리고 싶은 마음이 올라왔고, 그 마음을 누르고 그려 완성하는 과정이 힘겨웠다.

<풍선을 든 소녀>

완성. 힘든 만큼 해냈다는 안도감과 만족감에 어깨가 털썩 떨어졌다. 스스로에 대한 믿음으로 가슴이 쭉 펴졌다. 손바닥 크기 그림 한 점씩이지만, 그리면서 '작은 도전'을 실천했다. 피하고 싶고, 외면하고 싶은 날도 있었지만 피하지도 외면하지도 않았다.

점이 선이 되고, 선이 면이 되고, 면이 구도가 되었다. 순간이 시간이 되고, 하루가 되고, 나날이 되어 '내가 그리는 나'가 되었다.

그림들이 차곡차곡 쌓이는 만큼 내 마음도 단단해지고 있었다.

오랜 시간 완벽주의로 힘들었다. 중요한 것에 집중할 수 없게 하고 일의 진척에 방해가 되면서 에너지를 소진하게 하는 완벽주의를 벗어나고 싶어서 부단히 애를 쓰고 살았다. 완벽주의는 완벽하지 못하게 하는 걸림돌이 된다. 꾸준히 성장하는 세상살이에 완벽 같은 건 있지도 않은 허상일 수도 있다. 스스로 만족할 수 있는 단계마다의 정도와 방법을 정하고 꾸준히 실천하는 것이 진정한 완벽으로 다가가는 길이다.

망쳤다는 생각이 들어 포기하고 찢어버리는 대신 끝까지 그려내고 나면 알 수 있었다.

'실수'는 '실패'가 아니었다.
더 좋은 길을 찾게 하는 '전환점'이었다.

<착지 준비>

그림 그리기에 관통하는 원리는 세상살이에도 똑같이 적용할 수 있었다. 그림을 그리면서 연습하고 익혀 자신감을 찾고, 그 자신감을 나의 일상과 세상살이에도 적용하고 싶어졌다. 그림을 완성하듯 크고 작은 마음의 파도들을 달래고 조금씩 꾸준히 성장하며 나를 완성하고 싶었다. 그러다 보면 나를 옥죄고 있는 번아웃도 넘어설 수 있을 거라는 기대가 생겼다.

<쉽게 시작할 수 있는 펜화>

준비물

★ 펜

– '라이너 펜'으로 검색하면 펜화
를 그리기에 좋은 다양한 브랜
드의 펜이 나온다

– 0.05㎜부터 2.0㎜까지 다양
한 굵기의 펜이 있다

– 붓처럼 힘주기에 따라 굵기가
달라지는 붓펜도 있다

– 만년필도 펜화에 좋은 재료이다

★ 종이

– 크고 두꺼운 종이보다 작은 종이에
시작하는 것이 좋다

– 낱장의 종이보다 제본된 노트에 그
리면 그림이 쌓이면서 뿌듯해진다

펜 그림의 좋은 점

★ 준비물이 간단하고 저렴하다

★ 준비물을 들고 다니기 편하므로
집 아닌 곳에서도 그릴 수 있다

★ 물을 쓰는 물감보다 익숙하다

펜 그림의 불편한 점

★ 재료가 간단하므로 다양하게
표현하는 것이 처음에 어려울
수 있다

★ 큰 그림을 그리려면 시간이 오
래 걸린다

일단 직진

일상으로 길들이기

그림을 꾸준히 그릴 때 가장 어려운 것은 무엇을 그릴지 정하는 것이었다. 일정 기간 콘텐츠가 축적되면 소재의 고갈 문제에 부딪히는 것은 모든 분야가 비슷하다. 그림도 마찬가지다.

새로운 도구 쓰기에 익숙해지는 건 언제나 보람차고 뿌듯하다. 그린다는 활동은 여전히 낯설었지만, 스트레스보다 설렘과 재미가 컸다. 예감이 좋았다. 계속 그릴 수 있을 것 같았다. 계속 그리다 보면 번아웃에서도 벗어날 수 있을 것 같았다. 꾸준히 그리기 위해 매일 그려보자, 마음먹었다. 언제 어떻게 그리면 매일 그릴 수 있을까?

어떤 활동을 꾸준히 하려면 하루 중 언제 할지를 정하고, 일부러 그 시간을 비워 두어야 계속할 수 있다. '매일' 하면 일기가 제일 먼저 떠올랐다. '그래, 그림으로 일기를 쓰자' 생각했다. 노트의 한 바닥마다 윗부분에는 커다란 네모가 있어 그림을 그릴 수 있고, 아랫부분에는 작은 네모 칸들이 있어 칸마다 글자 하나씩 쓸 수 있게 되어 있던 노트가 떠올랐다. 어릴 때 쓰던 그림일기 노트다. 한글을 몰라 줄 노트를 쓸 수 없을 때의 마음으로 돌아가 그림일기를 쓰기로 마음먹었다.

어릴 때처럼 그림일기에 기분 좋았던 순간, 즐거웠던 이벤트, 고마운 누군가를 그려 보고자 했다. 하루를 정리하고 책상에 앉아 아이패드를 펴고 아침부터 하루를 돌아봤다. 긍정적인 시간으로 기억되고 기록하고 싶은 순간은 생각보다 많았다.

내가 행복했다고 느꼈던 순간이 세상의 일반적인 기준으로 평가되는 이벤트와 늘 일치하지는 않는다. 예전에 마치 도전하듯이 여러 사업 공모에 신청한 적이 있다. 나중에 선정되었다는 소식을 받은 날에는 날아갈 듯 기뻤다. 그런데 정작 내가 기억하는 가장 기분 좋은 순간은 문득 하늘을 올려다봤을 때 코끝을 시원하게 훔치고 지나가는 꽃향기를 알아차린 순간이었다.

중요한 발표가 있었던 날도 발표를 무사히 마쳐서 좋았지만, 정체되었던 길이 뻥 뚫려 제시간에 도착할 수 있었던 기억이 더 선명하게 남았다.

"오늘도 헛살았구나, 과연 그림으로 남기고 싶은 순간이 있기나 할까?"

한없이 우울한 날에도 어김없이 괜찮고 좋았던 순간, 장소, 사건이 있었고 누군가는 내 곁에 있었다.

어느 날 낮에는 식사하고 들어오는 길에 아이스크림 가게에 들렀다. 내가 꾸준히 좋아하는 아이스크림 맛은 피스타치오 아몬드였다. 식사하면서도 기분이 좋았지만, 아이스크림을 먹는 동안 더 시원하고 달콤한 기분이었다. 그래서 왼손으로는 아이스크림을 들고, 오른손으로 아이스크림 사진을 찍어두었다. 그 사진을 보며 달콤했던 기분을 그림으로 기록하여 남기고 싶었다. 그림으로 남겨두면 그 달콤함이 더 오래 지속될 것 같았다. 그래서 아이스크림과 아이스크림을 들고 있는 내 손을 그렸다.

이제 매일 그림일기를 그리지 않는다. 그림일기의 그림만을 그리지도 않는다. 무엇을 그릴지 떠오르지 않으면 여전히 하루를 돌아본다. 가장 기억에 남고 그림으로 남겨두고 싶은 순간을 떠올리면 고민 없이 그릴 수 있다. 그렇게 그리면 그리는 동안 나도 즐겁고, 그림을 감상하는 사람도 즐겁다고 했다. 그리고 싶은데 매일 무엇을 그릴지 정하기 어렵다면 그림일기 그리듯 하루를 돌아보고 기억에 남는 순간을 그리면 어떨까.

<망설임 속엔 바람이>

같이 가면 멀리 갈 수 있다

즐겁고 재밌고 고맙고 행복해서 살아야 할 이유는 주변에 가득했다. 타인의 인정과 세상이 성과라고 정해놓은 큼직하고 건조한 결과만을 바라보느라 알아차리지 못했을 뿐이었다. 매일 밤 그림을 그리기 위해 돌아본 모든 하루에는 잘 살았고, 그래서 더 살아야 하는 이유가 가득했다. 그 순간을 그림으로 그려 기록했고, 한참 지나 그림을 보면 그 순간의 생각과 감정이 고스란히 떠올랐다.

이 그림들이 어딘가에 쌓여 언제든 확인할 수 있으면 좋겠다는 생각이 들었다. 그림을 모아두고 한 번에 쭉 빠르고 쉽게 확인하기 좋은 플랫폼은 인스타그램이었다. 인스타그램에 그림만 모아두는 그림 계정을 새로 만들기로 했다. 그렇게 나의 인스타그램 그림 계정을 시작했다.

SNS에 그림 계정 하나 만드는 일이 뭐 그렇게 대단한 일이었을까?

계정을 만들 때도, 첫 그림을 올릴 때도 조마조마 두근두근 가슴이 펑 폭발할 것 같았다. 그림 계정을 만들고 그림을 올리기 시작했지만 내가 누구인지 알리는 정보는 의도적으로 감췄다. 나의 기존 계정은 물론 기존 계정의 친구들과도 연결하지 않았다. 그림을 그리면서 새롭게 알게 된 사람들, 그림을 그리는 사람들, 그림을 좋아하는 사람들과만 한 명씩 친구를 맺었다.

아이패드로 그린 그림을 이미지 파일로 저장해서 인스타그램에 올렸다. 첫 줄을 채우려면 세 장의 사진이 필요했다. 세 번째 사진을 올려 첫 줄을 채우던 날 혼자 중얼거렸다.

"내 계정도 다른 그림 계정들처럼 피드에 그림이 가득했으면 좋겠다."

푸념 같은 꿈이었는데, 이루어졌다.

그리는 게 좋아서 그냥 매일 밤 꾸준히 그리고 올렸다. 한 줄 두 줄 그림이 쌓이더니 액정화면을 넘기는 정도가 되었다. 그림을 그린 시간과 인스타그램의 그림 층이 나란히 쌓여갔다.

그림이 쌓이고 친구가 늘면서 소통하는 재미도 생겼다. 부끄러워 죽겠는데 기분 좋은 댓글이 달렸다. 누가 내 그림을 봐주고 댓글을 남겼는지 궁금했다. '좋아요'를 누르고 댓글을 남긴 상대의 계정에 방문해서 피드를 확인하고 인사를 남겼다. 40대, 여자, 장녀, 출퇴근하는 주부, 남매를 키우는 엄마, 20년 경력 변리사 등 기존의 나를 표현하는 어떤 흔적도 없이 그림으로만 소통하는 재미가 쏠쏠했다. 기존의 나를 감추고 내가 그린 그림만으로 낯선 사람들과 새로운 관계를 맺고 소통할 수 있다는 경험은 자신감으로 이어졌다.

'나 아직 쓸만하잖아. 새로운 일도 시작할 수 있어!'

<여기 모여라>

그동안 나를 규정하고 표현했던 너울이 무거웠는지도 모르겠다. 밥벌이에 좋다고, 나에게 적당하다고, 남들도 그렇게 산다고 세상이 권했고 내가 따르며 살았던 지난날의 내 모습. 가끔은 홀가분하게 벗어나고 싶은 날도 있었다. 한 번 벗어나면 다시 돌아갈 수 없을까 봐, 무겁기는 하지만 세상이 인정하는 너울을 벗어버리면 존재를 부정당할까 봐 한눈 한 번 팔지 못했다. 이렇게 홀가분한 걸 왜 진작 한눈팔 생각 한번 못했을까.

\<SNS에 그림 계정 만들기\>

SNS에 그림만 올리는 계정을 만들고 운영하면 온라인상의 그림 친구를 만날 수 있다. 그림 계정을 만들기 전엔 이렇게 많은 그림과 관계없어 보이는 사람들이 그림을 그리는 줄 몰랐다.

인스타그램

★ 사각 프레임 안의 이미지를 한 줄에 3개씩 쌓아가는 인스타그램은 내 그림을 한눈에 확인하기 좋다

★ 해시태그를 활용하면 비슷한 목적과 방법으로 그림을 그리는 친구들을 찾을 수 있다.
#1d1d(그림그리는 주기)
#색연필드로잉(그림 재료) 등 내 그림에 맞는 해시태그를 활용하면 다른 사람이 나를 찾아오기도 한다

카카오톡 오픈채팅, 네이버 밴드

★ 1일 1드로잉처럼 꾸준히 그림 그리는 친구들이 모여 서로 응원하는 온라인 모임으로 활용할 수 있다

★ 클래스가 아니므로 그림을 배우는 목적보다는 각자 꾸준히 그리고 인증하고 서로 응원하는 용도로 활용하는 것이 좋다

브런치스토리

★ 글쓰기도 좋아한다면 브런치스토리를 활용할 수도 있다

★ 플랫폼의 특성상 인스타그램보다는 글 분량이 많은 것이 좋다

★ 글을 발행하기 위해서는 심사를 거쳐 작가로 선정되어야 한다

플랫폼

★ 하루 중 특정 시간에 매일 그림을 꾸준히 그린다면 그림이 리추얼이 될 수 있다

★ 리추얼 플랫폼으로는 '밑미' (https://www.nicetomeetme.kr/)가 있다. 내가 그림을 시작한 플랫폼이다

내가 있는 곳이 아틀리에

일기를 쓰듯 매일 밤 그림을 그렸다. 꾸준히 그리기에 가장 좋은 방법이지만, 밤늦게까지 야근하는 날, 약속이 있는 날, 컨디션이 안 좋은 날처럼 밤에 그림을 그리기 어려운 날도 있었다. 컨디션이 안 좋아 그릴 수 없는 날은 어쩔 수 없지만, 일정상 밤에 그리기 어려운 날은 집을 나설 때 그릴 준비를 해서 나갔다.

아이패드 드로잉은 아이패드만 있으면 어디서든 그림을 그릴 수 있다. 펜화도 작은 노트와 펜 한 자루만 있으면 어디서든 그림을 그릴 수 있다.

처음에는 재료를 준비해서 나가도 주변 사람들의 눈치를 보느라 그림을 그리지 못했다. 업무 회의를 기다리면서, 카페에서 약속 전이나 후, KTX 안에서 책을 읽거나 글을 쓰거나 업무를 하는 사람은 많고, 나도 그렇게 지냈다.

그렇지만 그림을 그리는 사람은 본 적 없었다. 그리기에 노련하고 전업 화가라면 아무 데서나 스케치북을 꺼내 슥슥 드로잉을 할 텐데, 그림이 서툴고, 그림일기의 그림 정도를 그리는 내가 공공장소에서 그림을 그리기까지는 용기와 시간이 필요했다.

부산 출장이 있던 날이었다. 행신역에서 출발하는 열차였고, KTX에 오른 시간이 늦은 오전이었다. 행신역에서 출발하는 열차는 보통 서울역까지는 옆자리가 공석이었다. 그날도 그랬다. 시간도 그랬고, 다른 날에 비해 공석이 많았다. 백팩에 챙겨 나온 아이패드를 집에서 나설 때부터 계속 의식했다. 열차를 기다리면서 뭘 그릴지도 생각했다. 한참 보라색에 빠져있던 때였고, 며칠 전 친구와 온라인으로 접속해 이야기를 나누면서 꽃을 그렸던 생각이 났다. 기차에서 그린다는 낯선 조건을 생각하니 보랏빛 방울꽃이 생각났다. 열차에 오르자마자 아이패드를 꺼내 보랏빛 방울꽃을 그려야지 다짐하고 또 다짐했다.

열차가 도착했고 앉자마자 좌석 앞 작은 테이블을 내려 고정하고 아이패드를 꺼냈다. 전원을 켜고 드로잉 어플리케이션을 실행하고 미리 생각해 두었던 보랏빛 방울꽃을 그렸다. 서울역에 도착할 때까지 생각보다 많이 그렸지만 완성하지는 못했다. 서울역에서 옆자리 승객이 있으면 그리기를 멈추고 다른 기회를 보아 완성해야겠다고 생각했다. 서울역에서도 내 옆자리 승객은 열차에 타지 않았다. 여유롭게 보랏빛 방울꽃을 완성하고 사진 파일로 저장해 스마트폰으로 보냈다. 아이패드 전원을 끄고 백팩에 다시 넣었다. 달리는 기차 안에서의 첫 드로잉은 성공했다.

<부산으로 달려가며 그린 방울꽃>

그림을 완성하고 아이패드를 백팩에 넣을 때부터 입꼬리가 올라가 온종일 내려올 기미가 보이지 않았다. 부산에서의 업무를 무리 없이 잘 마치고 기차를 기다리면서 부산으로 오는 중 완성한 보랏빛 방울꽃을 보고 또 보았다. 뭐든 처음이 제일 어렵다. 딱 한 번 하면 다시 할 배짱이 생긴다. 앞으로도 기차에서 그림을 그릴 수 있을 것 같았다. 행복한 예감은 현실이 되었다.

내 스타일 찾기

물 없으면 어때

어릴 때는 '그림' 하면 풍경화, 정물화 같은 수채화나 매년 기념일이나 겨울에 그렸던 포스터를 떠올렸다. 모두 물감과 붓을 쓰는 그림이고 물통에 담긴 물이 필요했다. 그림을 시작하고 보니 그림의 재료는 다양했다. 연필, 콩테, 파스텔, 오일파스텔, 목탄은 물론 펜도 그림의 재료가 되었다. 물을 쓰는 재료는 시작이 부담스럽고 마무리가 번거로웠다. 긴 시간 작정하고 그리는 그림이 아니라면 꾸준히 그리기 어려울 수 있었다.

목탄으로 그려 보기로 했다. 목탄은 『오른쪽 두뇌로 그림 그리기』 책에서 처음 알았다. 준비물로 목탄을 제안하고, 목탄으로 그린 그림을 보여주는데 신선하고 궁금했다. 연필과 비슷하면서 다른 느낌이었다, 양감이 있다고 해야 할까? 꼭 한번 써 보고 싶었다.

어릴 때 그림 그리기를 좋아했지만, 학교 미술 시간 좌절을 몇 번 경험했다. 재료 때문이기도 했고(수채화 시간이었다), 주제 때문이기도 했다(미래를 상상해서 그리기가 제일 어려웠다). 좌절을 경험하면서 나는 그림을 잘 그릴 수 없는 사람이라고 결론을 내렸다.

대부분의 활동은 어느 단계가 되면 스스로 느끼기에 잘하고, 나아져야 계속할 수 있다. 해도 해도 잘할 수 없고, 진척이 없는 일을 계속할 수 있을까? 그런 사람이 있을까?

『오른쪽 두뇌로 그림 그리기』 책은 기존의 그림 그리는 방식과 전혀 다르게 그림 그리는 법을 안내했다. 아주 어릴 때는 부담 없이 자유롭게 잘 그리던 그림을 인지 능력이 발달하면서 형태를 지각하고, 지각한 대로 표현하려고 해서 그림을 못 그리게 된다고 했다. 보이는 대로 그리면 되는데 보이는 대로 그리지 못한다고. 거꾸로 그리기 등 좌뇌가 왕성하게 활동할 기회를 막아 우뇌로 그림 그리는 방법들을 제시했다. 이렇게 기존과 다른 방법을 제시하면 실천하고 싶어진다.

책에서 목탄 그림을 결과물로 제시했다. 그동안 그림이라고 생각해 오던 것과 달라 보였다.

그림을 그리려면 선을 긋고 면을 채워야 했다. 연필, 펜 등의 재료로 흑백만으로 채색할 수도 있고, 색연필, 물감 등 색이 있는 재료로 다채롭게 채색할 수도 있었다. 내가 아는 흑백 재료는 연필, 펜, 먹물 정도였다. 먹물은 어렵고, 연필과 펜은 선 드로잉에 적합했다. 선 드로잉은 면을 선으로 무늬를 그려 채워야 했다. 선이 움직인 흔적이 그대로 남아 있어서 날카로운 느낌이 들었다.

책에서 제시하는 목탄 드로잉은 선 드로잉과 달랐다. 연필과 비슷한 느낌인데 부드럽게 면이 채워져 있었다.

목탄이 궁금해졌다. 인터넷으로 미술 재료 목탄을 검색했다. 목탄은 숯이다. 땔감으로 쓰려고 나무를 가마 속에 넣어서 구워낸 검은 덩어리라고 했다. 숯은 알고 있었지만, 숯으로 종이에 그림을 그린다는 상상이 되지 않았다. 목탄을 주문했다.

보기에도 약해 보이는 목탄을 조심스럽게 쥐고 첫 목탄화를 그렸다. 우아한 곡선을 자랑하는 백조의 얼굴과 긴 목선을 연필로 흐릿하게 스케치했다. 처음이라 한껏 긴장하고 조심조심 백조를 채우기 시작했다. 처음은 늘 설레고 떨린다. 깃털의 결 방향을 생각하며 목탄으로 잔 선을 그어 채웠다. 너무 날카롭게 그어진 선은 문지르거나 지워 마무리했다. 처음 접한 목탄 마음에 들었다. 친해질 것 같았다. 당분간 매일 한점씩 목탄화를 그리기로 했다.

그림을 그리는 동안은 내가 작가가 되고, 연출이 되고, 배우가 되고, 관객이 되었다. 내가 의도하고 그리는 장면을 내가 지켜보며 감상했다. 계획대로 시원하게 선을 긋고 면을 채우는 장면을 후련하게 감상하는 날도 있었다. 의도와 다르게 실수하고 쩔쩔매고 당황하다 결국 실수를 수습하는 장면을 쫄깃하게 감상하는 날도 있었다. 모든 장면과 모든 날이 소중하고 행복했다.

<목탄과의 첫 만남>

반복하면 시그니처

그림일기 같던 그림은 조금씩 변했다. 그림의 주제와 대상도 달라졌고 재료도 다양해졌다. 미술치료사 과정을 수료하고, 그림책 작가 워크숍을 하고, 단체전을 준비하는 등 때마다 병행하는 활동에 따라서도 그림은 달라졌다.

지방 출장이 있던 날 오고 가며 god의 <미운 오리 새끼>를 들었다. 평소 지나쳤던 노래 가사가 그 날따라 글자마다 귀를 관통해 가슴에 꽂혔다. 그날 이후 시원하게 두 날개 쭉 펴고 비상하는 백조를 며칠 동안 그렸다.

그동안 늘 비주류였던 나도 알고 보면 백조일 수 있다, 미운 오리로 살았던 세월이 나쁘지만은 않다는 긍정적인 해석을 그림을 그리면서 하고 있었다. 그래서 한참을 새끼 오리를 그렸고, 날개가 있지만 날지 않고 둥지에, 나뭇가지에 머무는 새끼 새들로 확장되었다.

타인에게 응원, 위로를 받고 싶은 날이 있다. 그런 날은 복작복작 사람들과 어울리기보다 혼자 조용히 보내고 싶은 날이 많았다. 축하 받는 날도 시끌벅적 모임을 하고 돌아오면 허탈했다. 이런 때는 내 이야기를 가만히 들어주고, 듣고 싶은 한마디를 들려주는 친구가 있었으면 좋겠다고 생각했다.

매일 밤 작은 새를 그리면서 그런 친구를 떠올렸다. 그 친구에게 듣고 싶은 한마디를 생각하며 제목을 붙이고 그림을 그리고 짧은 글을 썼다. 고요한 밤 대화를 나누듯 그리는 그림의 재료로는 사각사각 색연필이 어울렸다.

내가 듣고 싶은 한마디는 들려주고 싶은 한마디가 되기도 했다.
들려주고 싶은 한마디를 그리고 쓰다 보면
내가 듣고 싶은 한마디기도 했다.

수개월 동안 '한마디'로 제목을 붙이고 어울리는 새 그림을 그리고 글을 써서 공개했다. 나의 글과 그림을 보고 위로를 받았다는 사람들이 생겼고, 위로받고 싶어 내 계정을 찾아왔다는 사람들도 있었다.

세 번째 단체전에서는 A4 크기 종이에 그린 <새들의 한마디> 그림 40점을 전시했다. 전시를 알리는 피드에 그동안 위로받았던 작품을 드디어 실감할 수 있겠다는 축하 댓글이 올라왔다. SNS에서 전시 안내를 보고 방문한 관람객들은 제목과 그림, 글의 내용을 잘 기억하고 있었다. 모두 신비로운 경험이었다.

<새들의 한마디: 세 번째 단체전>

좋아하는 패턴으로 반복하니 나의 시그니처가 되었다. 내 그림을 아끼고 기다리는 팬이 생겼고, 개인전에 초대받을 수 있었다. 그림을 그린 날보다 그릴 날이 훨씬 많다. 그리고 싶은 것도 많고, 도전하고 싶은 재료도 많다.

앞으로 건식재료로 새만 그리지는 않겠지만, <새들의 한마디>는 나의 시그니처 중 하나가 되었다. 작가도 브랜딩이 중요하다고 한다. 나에게 맞는 것을 찾고 꾸준히 반복하면 자신의 시그니처가 되고, 자연스럽게 브랜딩도 된다. 작가로서 이보다 행복한 일이 있을까.

찍고, 털고, 흘리고, 조몰락거리고

그림을 배우고 싶어졌다. 그리고 싶은 것이 있지만, 방법을 몰라 정체되었다는 생각이 들었다.

그림을 배웠던 어릴 때 학교 미술 시간을 떠올렸다. 수채화 시간 그림에 흥미를 완전히 잃었던 기억이 났다. 무엇을 어디서 어떻게 배워야 계속 그리고 싶은 마음을 빼앗기지 않을까. 그림을 배우는 법을 알아보기 시작했다. 학교에 입학하는 법, 학원이나 화실에 등록하는 법, 동아리에 들어가는 법, 온라인 강의로 배우는 법, 원데이클래스에 가는 법 등 다양한 방법이 있었다.

대학 입학은 준비과정도 고단하고 일이 너무 커졌다. 준비하면서 그림에 대한 흥미를 잃을 것이 분명했다. 학원이나 화실은 기법 위주로 교육하는 곳이 많았다. 동료끼리 응원하고 그리는 방법은 이미 해본 방법이었고, 이번에는 선생님에게 배우고 싶었다. 다양한 온라인 강의 플랫폼에 그림 관련 강의도 있었지만, 실시간으로 선생님과 부대끼며 배우고 싶었다. 또 원데이클래스보다 정규과정으로 배우고 싶었다. 학교 아닌 교육기관에서 배우자 마음먹고 기관을 찾았다.

방법 없다고 생각했던 번아웃이 그림을 그리면서 좋아졌다고 하면 미술치료의 효과를 본 거라고 얘기하는 사람들이 있었다. 생소한 미술치료가 궁금해서 미술치료에 대해 찾아봤다. 미술치료사를 양성하는 기관들이 있었다. 메모해두었던 미술치료 기관들을 검색했다. 나와 맞는다고 생각했던 곳의 교육과정에 '미술치료사를 위한 미술반' 수업이 있었다. 웹사이트에 소개된 교육과정이 새로웠고, 안내를 봐도 뭘 배우는 건지 알 수 없었다. 기대 반 걱정 반으로 여기서 그림을 배워보기로 했다.

원래는 오프라인 수업인데, 코로나 때문에 온라인 강의도 개설하게 되었다고 했다. 온라인으로 하는 첫 수업이어서 화가인 강사도 온라인 환경에 익숙하지 못한 것에 양해를 구했다. 온라인 수업이어서 다양한 국내 지역은 물론 해외에 거주하는 수강생도 있어서 오히려 좋았고, 매회 다른 준비물을 스스로 준비해야 하는 것은 어려웠다.

수업을 시작하면서 강사는 수채화 그리는 법 같은 그림 그리는 기법은 알려주지 않는다고 했다. 인터넷 검색으로 찾아보는 것만으로도 충분하다고 했다. 그럼 뭘 배우게 될까?

어떤 날은 수업 시간부터 다음 주 수업 시간까지 지우개로 원 없이 지웠다. 어떤 날은 뭘 만들겠다는 목적 없이 점토를 조몰락거렸다. 또 어떤 날은 선생님의 설명을 들어도, 작업을 이미 시작한 동료들의 작업하는 모습을 봐도 도무지 뭘 하라는 건지 몰라 울상이 되었다.

하지만 신기하게도 선생님의 가이드에 따라 과정을 완수하면 결과가 나왔고, 그 결과에 대해 합평했다. 작품을 감상하고 평가하는 방법도 배웠다. 대상을 정해 묘사한 그림이 아니어도 감상하는 사람은 그린 사람의 마음을 느끼고 읽어 냈다.

미술 전공 유무나 솜씨의 숙련도 평가보다 앞서고 중요한 것이 있음을 깨달았다. 1년 동안 2학기 과정을 마친 후의 가장 값진 깨달음은 그림, 미술 자체를 다시 보는 안목이었다.

결국, 자신을 표현하는 것이 미술이다.

우리는 표현을 통해서 나와 너의 본질에 다가선다.

마음이든 생각이든, 건강한 상태든 불편한 상태든, 어떤 재료를 썼는지, 평면인지 입체인지, 바탕색까지 채웠는지, 형태를 알아볼 수 있는지 등은 미술의 걸림돌이 되지 않는다.

노련하고 한없이 높아 보이는 중견 화가가 알려주는 미술에 대한 이해는 미술로 진입하는 길을 활짝 열어주었다. 하고 싶은 말이 있고, 편하게 쓰고 좋아하는 재료가 있다면 나도 그림을 계속 그릴 수 있을 것 같다.

<오늘은 어디 갈까>

<나들>

<너들>

목적지 정하기

전시라는 마감

목표를 정하면 일상의 활동이 과정이 된다.
목적지가 있는 과정은 덜 지루하다.

막연히 꾸준히 하자는 결심은 쉽게 지치고 힘 빠지게 한다. 그림도
마찬가지였다.

그림의 세계에 진입하기 전 그림을 볼 기회는 대형 미술관에 가거
나, 화가 친구의 전시에 가는 것이 전부였다. 세계적으로 저명한 화가
들의 전시는 화가의 연대기적 작품을 전시할 경우가 많았다. 친구들
의 개인전에 가도 대형 작품들이 여러 점 갤러리 가득 전시되어 있었

다. 막연히 전시는 전업 화가들의 대형 작품이 쌓이면 그 결과물을 세상에 소개하는 것이려니 생각했다.

하지만 그림을 꾸준히 그리고 또 보고, 화가들의 이야기를 듣게 되면서 전시에 대해 잘못 생각하고 있었다는 걸 알았다.

SNS로 그림으로 하는 소통을 꾸준히 했다. 전시도 꾸준히 하는 화가들이 있었다. 온라인으로도 그림을 볼 수 있지만 갤러리에 가서 실감하는 그림은 달랐다. 색감도 질감 표현도 직접 가서 보는 것이 더 좋았고, 대형 작품은 모니터나 스마트폰의 화면으로 보는 것과 작품이 주는 감동이 완전히 달랐다. 운이 좋으면 화가를 만나 직접 작품 설명을 들을 수도 있었다.

부러웠다. 어떤 경지가 되면 전시하는 걸까 궁금했지만 내가 전시할 생각은 하지 못했다. SNS에서 꾸준히 서로 응원하는 화가가 있었다. 어느 날 게시물의 댓글이 아닌 개인적인 메시지로 전시 포스터를 보냈다. "축하합니다, 화가님."이라고 회신했고, 그 연락의 끝에 "이제 전시도 하셔야죠?"라는 메시지를 받았다.

그 한마디에 매달려 전시를 알아보기 시작했다. 전업 화가, 중견 화가가 아니어도 전시하는 화가들이 많았다. 화실이나 미술학원에서 수강생들의 작품을 전시하는 졸업발표회 같은 전시도 있었고, 처음부터 전시를 목적으로 '전시반' 수강생을 모집하는 화실도 있었다. 화실의 '전시반'에 등록하고 전시 날짜를 받았다. 6개월이라는 시간이 주어졌지만, 이 시간이 긴 건지, 짧은 건지의 감도 없었다. 그저 '마감의 힘'을 믿어보기로 했다.

화실에 가니 또 다른 세계가 기다리고 있었다. 영화, 잡지, 화면 속에서나 볼 수 있었던 이젤에 캔버스가 올려져 있었다. 책상 위에 올려놓고 그리는 작은 그림이 아니라 이젤 위에 세워두고 그리는 큰 그림을 그리기 시작했다. 이젤 위 그림도, 색연필로 하는 스케치도, 아크릴 물감도 모두 처음인 새로운 경험이었지만 점점 익숙해졌고, 붓질에 자신감도 붙었다. 이젤에 그리는 그림에 익숙해질 즈음 전시할 그림의 개수를 정했다. 일정상 화실에서 그리는 그림만으로 약속한 그림을 채울 수 없었다. 이젤과 물감을 장만해서 집에서도 그리기 시작했다.

마감이 있는 일은 아무리 미리 준비해도 마감에 가까워지면 일이 몰린다. 일을 게을리하거나 덜 해서만은 아니다. 마감이 다가오면 완성도에 욕심이 생긴다. 미리 해 둔 일도 수정하고 보완하게 되고, 수정하고 보완하면서 깨달은 것을 추가하면서 일이 점점 늘어나기 마련이다.

그림도 똑같았다. 그리다 보면 완성도에 욕심이 생기고, 새로운 아이디어가 떠오르면 다시 고치고 보완하면서 처음 계획했던 시간보다 긴 시간이 필요했다. 전시라는 목표는 그리는 사람에게 성장의 기회가 된다. 해내겠다는 결심을 포기하지 않고, 잘못되면 어쩌나 하는 조바심을 견디고, 긴 시간 앉아 그리는 엉덩이 힘이 따라준다면.

<늪지 않아>

제품이라는 완성품

눈에 보이고 손에 잡히는 것만큼 성공을 직접 경험할 수 있는 것이 있을까?

내 그림을 세상에 내보내는 방법에는 굿즈를 만드는 것도 있었다.

그림 전시회를 하기 위해서는 그림을 그리는 것 외에 준비할 것이 있었다. 필수는 아니지만 굿즈도 있었다. 첫 단체전을 할 때는 그림을 그리는 일 외에 준비할 여유도 없었고, 굿즈에 대한 경험도 아이디어도 없었다. 단체전에 함께 참가하는 화가 중에는 굿즈까지 준비하는 사람들도 있었다. 전시할 캔버스 그림도 그랬지만, 밤에 그리는 작은 그림도 꾸준히 그렸던 덕분에 쌓여있는 그림들이 있었다.

첫 단체전에서 A4 크기 그림 중 10점을 골라 액자에 끼워 굿즈로 판매했다. 이게 팔릴까 싶었는데, 세 점이나 팔렸다. 전시된 그림은 판매되어도 전시를 마치고 컬렉터에게 전달되지만, 굿즈는 바로 구매자에게 전달되었다. 마음의 준비가 덜 되었는데, 그림이 판매되었다고 하니 뿌듯하면서도 마음 한구석이 허전했다.

두 번째 단체전을 할 때는 작은 그림들이 더 많이 쌓였다. 따로 굿즈는 준비하지 않았지만 작품 앞 좌대에 작은 그림들을 클리어파일에 끼워 전시했다. 30호 캔버스 작품 3점, 2호 캔버스 작품 10점과 클리어 파일에 끼운 드로잉들을 함께 전시했는데, 큰 그림 못지않게 작은 그림들도 사랑받았다. 두 번의 단체전을 하면서 그림들로 된 엽서가 없냐는 문의를 많이 받았고, 인스타그램을 통해서도 엽서북에 대한 문의를 많이 받았다.

<두 번째 단체전>

두 번째 전시를 마치고 가장 많은 굿즈 제작 요청을 받았던 엽서를 만들기로 했다. 낱장보다는 비슷한 그림들이 함께 있는 엽서북을 만들기로 했다. 검색해 보니 몇 년 전에 비해 제작하는 과정이 간단하고 편해졌다. 예전처럼 일러스트레이션, 포토샵 같은 디자인 전문 프로그램을 쓰지 못해도 제작할 수 있는 웹사이트들이 많이 있었다. 색연필로 그린 작은 그림 중 12점을 골랐다. 웹사이트의 주문 페이지의 가이드대로 12점을 디자인해서 엽서북을 주문했다. 완성된 제품이 어떨지 설레는 마음으로 기다렸다.

며칠 후 배송된 엽서북은 만족스러웠다. 이전에 회사에서 홍보 자료를 만들거나 기념품, 제품을 만들 때면 그림이 아쉬웠다. 무료로 제공되는 이미지는 마음에 들지 않았고, 저작권료를 지불하고 이미지를 사용하기엔 배보다 배꼽이 더 커졌고, 상황에 어울리는 이미지를 찾기도 쉽지 않았다.

그런데 내가 그린 그림으로 엽서를 만들다니. 몇 년 사이에 달라진 나의 조건이 신기했다. 화가로 살기 위해서는 꾸준히 열심히 그림을 그리는 것이 중요하지만, 중간중간 자신의 그림으로 제품을 만드는 경험은 기분 전환과 동기부여에 도움이 됐다. 덕분에 더 즐겁게 계속 그릴 수 있었다.

이모티콘 작가 어때

번아웃을 이겨내려고 시작한 그림이었다. 꾸준히 그리니 그림이 일이 되고 수익도 낼 수 있다면 좋겠다고 생각했다. 그러면 좋아하는 일이 또 다른 직업이 되고, 내 그림을 좋아하고 찾는 사람들이 많아질 수 있다. 생각만 해도 행복해진다.

그림 그리는 사람들은 그림으로 무얼 할까?

갤러리에 그림을 전시하고 판매하는 화가, 온라인으로 전시하고 NFT 거래를 하는 화가, 일러스트레이션 외주를 받아 납품하는 화가, 글도 쓰고 그림도 그리는 그림 에세이 화가, 그림책 작가, 캘리그라피와 함께 그림을 그리는 화가, 이모티콘 작가 등 다양한 화가들이 있었다.

'그림'으로 통칭하는 시각적 표현에는 다양한 그림들이 포함되어 있었다.

당시 나는 MYKU에서 학생으로 열심히 공부하고 다양한 활동에 참여하고 있었다. 온라인 수업이 대부분이었지만 과제에 대한 피드백을 받는 수업이 많아 온라인으로나마 강사와 수강생들을 만나는 일이 많았다. 북클럽 등 소모임에도 참가했다. 매월 모임의 멤버 신청을 새로 받았다. 그림을 주제로 하는 모임을 찾았다. 익숙한 사람들도 보였다.

어떤 모임에 들어갈까 탐색하는데 이모티콘 그리기 모임이 있었다. SNS에 이모티콘을 쓰는 건 익숙하지만 그리는 건 한 번도 생각해 본 적이 없다. 모임의 안내에 정해진 일정대로 잘 따라 하면 이모티콘 작가로 데뷔할 수 있다고 했다. 기수가 있었고 선배 기수에는 이미 이모티콘을 출시한 작가들도 있었다. 이건 또 새로운 세계였다. 재미있겠다 싶어 신청했다.

이모티콘 작가 모임은 네이버 카페를 통해 운영됐다. 카페를 운영하는 매니저가 있었고, 기수마다 선배 기수의 이모티콘 출시에 성공한 튜터들이 멤버들의 이모티콘 작가 데뷔를 도왔다. 이모티콘 시장을 둘러보는 것으로 시작해서 매일 과제가 있었고 튜터들이 과제 검사를 하면서 잘못된 점, 개선하면 좋을 점을 조언했다. 각 사이트에 이모티콘 제안하는 방법까지 구체적이로 친절하게 안내했다. 제안 후 승인된 멤버는 진심으로 축하하고 그 멤버의 새로 출시된 이모티콘을 홍보했으며 거절된 멤버에게는 위로와 개선방안을 조언했다.

이모티콘을 그리기 위해서는 각자의 캐릭터가 필요했다. 캐릭터를 설정하고 캐릭터의 몸짓, 표정과 글자를 어울리게 배치해서 하나씩 이모티콘을 완성해야 했다. 멤버들과 이모티콘 그리고 제안하는 과정을 함께 해 보니 그림 실력이 출중하다고 승인되는 것도 아니었다. 그림 실력도 좋고 단어도 재미있지만 계속 거절되는 경우도 있었고, 평범해 보이는데 바로 승인되는 경우도 있었다. 이모티콘의 사용자와 주제를 고려해야 했고, 흔한 스타일보다는 참신한 스타일이 승인된다고 선배들이 귀띔했다.

두 번 도전했다. 첫 도전은 그 당시 고등학생이었던 아들에게 줄 선물로 신청했다. 두 개의 사이트에서 승인받기 위한 개수의 이모티콘은 모두 그렸지만, 보기 좋게 거절되었다. 보완해서 신청하는 김에 나에게 주는 선물로 이모티콘을 그리고 싶어 한 번 더 신청했다. 두 번째 이모티콘은 변리사 일과 접목해서 그리려고 했다. 쉽지 않았다. 좌절에 좌절을 거듭하면서 기한 내에 필요한 개수의 이모티콘을 완성하지 못했고, 거절된 이모티콘을 수정해 다시 승인신청하는 것도 실패했다.

이모티콘 작가 되기에 성공하지 못했지만, 이모티콘을 그리고 신청했던 것을 후회하지 않는다. 나의 아이패드에는 당시 그렸던 이모티콘 그림들이 고스란히 쌓여있고, 다양한 표정과 포즈를 그렸던 경험은 다른 그림에도 도움이 되었다. 이모티콘 작가 선배들, 같이 신청한 동기들과 같이 배우고 응원하며 그리고 온라인으로 만나 보냈던 행복했던 시간은 추억이 되었다. 아직 이모티콘 승인도 포기하지 않았다. 언젠가 다시 마음이 꿈틀거리면 고치고 완성해 다시 승인에 도전할 생각도 있다.

그림의 세계는 무궁무진했다. 그림 그리기는 좋은데 주된 관심이 순수미술은 아니고, 순발력과 예능감을 발휘해 대화를 이끌어가는 데 재능과 관심이 있다면 이모티콘 작가에 도전해 보는 것도 좋다.

고마워, 함께 하자

몰입을 선물 받았다

싸늘하게 식어버린 커피 앞에서 개탄과 고마움의 눈물을 쏟아냈다.

아이패드로 매일 밤 그림을 그렸더니 눈의 피로감이 높아졌다. 돋보기의 렌즈를 블루라이트 차단되는 것으로 바꾸러 갔다. 안경점에 들어가 차례를 기다리면서 전시된 안경들을 구경했다. 취향을 자극하는 동글동글 안경테가 눈에 들어왔다. 고등학교 3학년 때부터 안경을 썼다. 나는 동그란 안경테를 좋아했지만, 2003년 10월 라식수술 한 후로는 안경 쓸 일이 없었다. 시간이 흘렀고, 근시 안경이 아닌 노안용 돋보기를 맞추러 안경점에 갔지만, 여전히 동글동글한 안경테가 마음에 들었다. 갑자기 욕심이 발동했다, 안경테를 바꾸고 싶었다.

최근 개인적인 물욕을 부린 것이 없었다. 두 눈 질끈 감고 안경테를 집어 들었고, 블루라이트 차단 렌즈를 새로운 안경테에 끼워달라고 했다. 이제 돋보기는 상시 필요한 아이템이니 하나는 집에 두고, 하나는 가방에 넣어 다녀야 한다는 핑계를 생각해 냈다.

저녁에 거실 테이블에 앉아 새로 맞춘 돋보기를 쓰고 그림 그릴 준비를 하고 있었다. 큰 녀석이 휙 지나가다 탁 멈춰 뒷걸음질 쳤다.

"어- 엄마 왜 뽀로로 안경 썼어?"

내가 동그란 안경을 쓰고 있으면 남편은 "왜 그렇게 김구 선생 안경을 좋아해?" 했는데, 아들 눈에는 뽀로로 안경으로 보였나 보다. 내 모습이 궁금해서 사진을 찍어두었다.

오늘은 SNS 프로필로 사용할 내 모습을 그려야지 하고 스마트폰 앨범을 열었다. 동그란 안경을 쓰고 있는 뽀로로 아줌마가 앨범에 있었다. 흡족하게 웃고 있는 표정은 우습지만 마음에 들었다. 파자마 차림은 눈에 거슬렸고, 배경의 광택 있는 벨벳 커튼은 못마땅했다. 괜찮다. 옷차림, 배경 등을 내 마음대로 바꿀 수 있는 그림의 좋은 점을 활용하면 된다. 마음에 드는 표정의 내 얼굴을 알록달록 꽃밭으로 옮겨 보기로 했다.

아이패드로 그림 그리기가 점점 익숙해지고 있었다. 몇 번 그려봤다고 꽃 사진을 찾아보지 않아도 어렵지 않게 슥슥 얼굴 주변에 꽃을 피울 수 있었다. 내 얼굴 주위의 배경에 다채로운 색과 모양의 꽃송이를 가득 그려 넣었다. 칙칙한 시멘트색 상의는 사랑스러운 피터팬 카라의 크림색 블라우스로 변신시켰다. 한참을 정신없이 나를 꽃밭에 옮겼다. 캔버스가 다채로운 꽃으로 가득 채워졌다.

식탐도 있고, 먹기를 즐기고, 먹는 양도 적지 않은 편이었다. 일이나 작업을 시작하면서 간식을 챙겨오면 제대로 시작하기 전 접시와 컵을 비우는 것이 보통이었다. 아이패드 화면 가득 꽃송이가 채워졌을 즈음 기지개를 쭉 켜니 커피가 생각났다. 그림 그리기 시작하기 전 내려온 커피잔을 들여다보니 컵 속 커피가 처음 내려온 그대로였다. 돌이켜보니 그림을 그릴 때는 이렇게 식어버린 커피를 비워버렸던 적이 많았다.

가슴 속 불덩이가 훅 치고 올라왔다. 그림을 그리기 시작하면서 새로운 경험을 많이 했다. 그동안 일을 시작하기 전 준비해 온 간식이 마칠 때까지 그대로 남아 있는 일은 거의 없었다. 그림을 그릴 때는 자주 있는 일이었다. 완성도 있게 마무리해야 하므로 집중은 했지만, 외부 세계가 차단될 만큼 몰입하지는 않았던 모양이었다. 대가나 목적 없이 하고 싶고, 즐겁게 몰입했던 경험이 드물었다. 왜 그동안 이렇게 흠뻑 빠져 행복에 겨운 시간을 자신에게 허락하지 않았던 걸까.

원망 섞인 자책에 코끝이 찡했다. 눈물샘에 눈물이 차올랐다. 눈치

빠른 딸아이가 다가왔다.

"엄마 뭐해?"

큰 숨으로 코끝의 알알함과 꿈틀거리는 눈물 씨앗을 날려버렸다.

"엄마 오늘은 완전 완전 걸작을 탄생시켰어, 볼래?"

"아니, 안 볼래, 엄마 또 잘난 척하려고 하는 거지?"

"오늘은 진짜 걸작이야! 봐봐."

"그래? 어디 볼까?" 딸아이는 못 이기는 척 내 그림으로 다가왔다.

"우하하하하하하하하 엄마, 오늘 뭐 한 거야? 근데 엄마 진짜 잘 그렸어. 엄지척!"

까칠한 척해서 더 사랑스럽고 따뜻한 마음이 더 잘 전해지는 내 영원한 아군 딸아이의 귀여운 응원이 발사되었다.

나는 아주 예민하다. 잠을 자도 옆에서 벌어지는 일을 느꼈고, 곁에서 하는 이야기가 들렸다. 완전히 깊은 잠을 잘 때가 많지 않았다. 어릴 때부터 그랬다. 그래서 어른들끼리만 쉬쉬하는 집안의 비밀을 다 알고 있었다. 큰아이 돌 전, 아기 침대를 부부 침대 옆에 두고 재웠다. 아이가 약간만 뒤척거려도 바로 알아차리고 아이를 안아 들어서 한 번도 울린 적이 없었다. 책상에 앉거나 소파에 누워 졸다가도 누가 나를 쳐다보면 바로 알아차렸다. 회사나 집의 내 자리에서 내 할 일을 하고 있어도 누군가 내 도움이 필요하면 바로 느껴졌다.

예민함은 불안과 스트레스, 긴장과 피로를 동반하지만 부정적이지만은 않다. 심리상담사도 그랬다. 예민함은 일을 잘하려면 필요한 감각이라 훈련으로 키우기도 한다고. 민감한 감각을 비관하거나 비난할 일은 아니라고. 타고나길 민감하게 태어나 평생 예민하게 사는 나는 종종 피로감에 지쳤다. 주변의 필요를 모르는 척하고 싶은 날도 있었다. 여럿이 있는 공간에서도 몰입을 경험하고 싶었다. 내가 외부 환경과 타인에게 예민하게 반응하고 기대에 부응하려 한 만큼, 나는 나 자신에게도 몰입할 기회를 주고 그 시간을 할애하고 싶었는지도 모른다.

<꽃에 둘러싸인 나>

목적 없이 시작한 그림이었다. 계속해서 그리는 동안 그림을 그리면 행복한 이유를 또 하나 알아냈다. 그림을 그리는 동안은 가족들과 함께 있어도, 여러 명이 함께 타고 있는 기차에서도, 그림을 배우는 화실에서도 나는 내 그림에 몰입할 수 있었다. 몰입이 이런 거구나 실감할 수 있었다. 그림은 나에게 몰입의 경험을 선물했다.

목적 없이 몰입할 수 있는 일은 놀이가 되고 예술이 되고 사랑이 되기도 한다. 그림을 그리면서 살면서 처음 경험한 몰입 덕분에 나는 그림과 그리는 마음에 점점 빠져들고 있었다.

<고생 많았어>

잊었던 첫 꿈을 되찾아주었다

그림은 나와 관계없다고 부인하고 살았다. 마음 한구석 늘 웅크리고 있던 그림에 대한 마음을 알아차리지 못했다.

어릴 때 사진이 별로 없다. 지금은 핸드폰 카메라로도 좋은 사진을 찍어 남길 수 있다. 어릴 때는 카메라가 귀했다. 사진을 찍으려면 필름을 넣어야 했고, 사진을 확인하려면 현상소에 가서 필름을 인화해야 했다. 부모님은 사진찍기를 좋아하지 않았고, 사진 남기는 걸 중요하게 생각하지 않았다. 형편이 여유로울 때도 집에 카메라는 없었다. 학교 소풍 가는 날, 할머니 환갑잔치 등 기념일에 찍은 사진 외에는 사진이 없다. 그나마 몇 장 안 되는 사진도 잦은 이사, 장마철 수해로 잃어버리거나 물에 젖어 남아 있는 사진이 별로 없다.

엄마는 1989년 7월에 세상을 떠났다. 그래서일까, 매년 여름이면 유난히 엄마 생각이 많이 났다. 올해도 그랬고, 요 며칠 엄마 생각을 많이 했다.

엄마를 그리기로 했다. 엄마 사진이 귀하니 보고 그릴 사진도 없었다. 몇 장 없는 엄마 사진 중 유치원 생일파티 날 엄마와 찍은 투 샷이 있다. 이걸 그리면 되겠다 싶었다. 1980년 6월에 찍은 사진 속 엄마는 지금의 나와 똑 닮아 있었다. 7살 유치원생 내 얼굴을 그릴 때보다 엄마 얼굴을 그릴 때 더 나를 그리는 것 같았다. 얼마 전부터 거울을 보면 나이 들수록 엄마를 닮아간다고 생각했는데 사진 속의 얼굴을 찬찬히 살펴보니 정말 엄마와 나는 많이 닮았다. 엄마 얼굴을 본 지 30년도 넘었는데 왜 엄마 얼굴이 잊혀지지 않을까?

내 얼굴에 엄마가 있어서였다. 내 얼굴을 볼 때마다 엄마 얼굴을 복기했던 거였다. 지금의 나는 마지막으로 기억되는 엄마보다 14살이나 나이가 많다. 할머니가 된 엄마 얼굴은 어떨까 궁금할 때가 있었는데, 앞으로는 거울을 보면서 엄마를 본다고 생각하면 되겠다.

엄마와 사진을 찍었던 유치원 생일잔치 날 6월생 친구들이 한 명씩 앞에 나와 꿈을 발표하는 시간이 있었다. 나는 주저하지 않고 화가가 되겠다고 선생님, 친구, 친구의 엄마, 그리고 나의 엄마에게 선언했다.

까맣게 잊고 살았다. 번아웃 덕분에 그림을 그리기 시작했지만, 그림과는 전혀 관계없는 사람이었다고 얘기하고 다녔다. 대학에 다닐 때 전공과목에 있던 실기 과목을 이수하기 싫어서 다른 과의 전공과목으로 학점을 채우면서 그림을 피해 다녔던 나였다. 왜 그림으로 번아웃의 증상이 호전되고 있는지, 그리는 동안 왜 이렇게 행복한지, 그리는 자신의 마음을 살피며 위안을 받는 건지 이유를 전혀 몰랐고, 모르겠다고 세상에도 이야기했다. 거짓말이었다. 나는 옛날부터 그림을 좋아했고, 세상을 향해 선언한 내 첫 꿈은 화가였다.

어릴 때부터 그리고 만드는 걸 좋아했다. 병원에 가서 주사 맞기가 무서웠지만 새 스케치북과 크레파스, 색연필 받을 욕심에 꾹 참고 주사를 맞을 수 있었다. 학교 다닐 때 미술 시간에 했던 그리기, 만들기가 재밌으면 집에 와서 밤새 혼자 다시 해봤다. 생물 시간에 동물, 식물, 장기 등의 명칭을 외우기 위해 교과서 그림을 따라 그리라는 숙제가 나오면 명칭을 외울 생각은 하지 않고, 샤프로 점을 찍어 명암을 표현하는 점묘화 같은 그림을 시간 가는 줄 모르고 그렸다. 교실 환경 미화 대회를 준비하는 것도 즐거웠다. 겨울이면 크리스마스 연하장을 직접 만들어 친구들에게 주는 것도 좋아했다. 대학 시절 미술 전공 단과대 앞이나 학교 식당에서 물감 잔뜩 묻은 앞치마를 두르고 지나가는 친구들을 보면 멋있어 보이고 부러웠다.

그림과 전혀 관계없는 변리사가 되었지만, 텍스트를 이미지로 정리하는 일을 많이 했고, 행사 개최 일을 하면서 디자인 작업도 즐겁게 함께했다. 그림은 나와 관계없다고 부인하고 살았지만 내 마음 한구석엔 늘 그림과 미술이 웅크리고 있었다. 내게는 더없이 소중한 친구를 완전히 부정하고 까맣게 잊고 살아왔다.

나와 꼭 닮은 엄마, 그리고 나를 그리면서 엄마에게 이야기했다.

"엄마가 이루지 못한 꿈은 음악이었고, 내가 이루지 못한 꿈은 미술이었나 봐. 엄마는 덧없이 빨리 떠나 이루지 못한 꿈이 되었지만, 나는 아직 살아있기에 꿈을 이루고 싶어. 갑자기 시작한 그림은 엄마가 나에게 선물한 기회였던 거지? 앞으로도 계속 그리며 살고 싶어, 엄마가 든든하게 응원해 줘.

엄마의 이루지 못한 꿈, 잃어버린 가족에 대한 그리움, 상실 속에서 희망을 찾는 방법 등… 위로가 되고 용기를 주고 희망을 키우는 그림을 그려 세상과 나누고 싶어. 엄마가 응원한다면 잊었던 꿈을 되찾아 볼게. 나, 괜찮은 화가가 되어볼게."

보고 싶은 엄마를 그리려고 어린 시절 사진을 찾았고, 그 사진 속 나와 엄마를 그리면서 까맣게 잊고 살던 나의 첫 꿈을 기억해 냈다. 그림은 추억을 그리게 하고, 그 속에서 잃어버리고 잊어버렸던 어린 시절 첫 꿈을 되찾아주었다. 계속 그리면 또 어떤 즐거운 일이 생길지 궁금해졌다. 그리기가 점점 더 좋아졌고, 계속 그리고 싶어졌다.

<영차>

초심과 고마움을 되새기게 했다

결혼기념일이었다. 결혼기념일이니까 결혼식 사진을 보고 남편과 나를 그리기로 했다.

남편과 나는 만난 지 3개월도 안 되어 결혼했다. 이탈리안 레스토랑에서 파스타와 스테이크를 먹으며 첫 데이트를 했고, 그다음 만남부터 결혼을 준비했다. 다시 생각해도, 우리가 한 일인데도 우리도 믿기 어렵다. 남편도 나도, 양가 부모님도 모두 무모하리만큼 용감했고, 서로를 믿었다.

남편과 나는 변리사 시험 합격자 동기로 만나 연수를 함께 받았다. 200명 합격자가 100명씩 두 개 반으로 나뉘어 대전, 서울에서 2주씩 4주 동안 실무연수를 받았다. 대전에서의 연수는 연수원 숙소에서 합숙했고, 나이, 관심사 등으로 자연스럽게 친한 그룹이 생겼다. 친한 무리의 동기들끼리 같이 식사하고, 저녁 시간을 함께 보냈다.

남편과 나는 가깝게 지내는 무리가 같지 않았다. 단체 모임에서 인사를 나누고, 서로의 존재를 알고는 있었지만 유난하게 가깝게 지내지는 않았다. 4주의 연수를 마쳤고, 취업해서 변리사로서의 직업 생활을 시작하는 동기들이 늘어났다. 남편이 나보다 먼저 취업했다. 나는 변리사 시험에 합격하고도 한동안 취업하지 못했다. 합격자 동기들끼리 취업, 이직, 신상 변화에 대한 소식을 나누는 커뮤니티가 프리챌에 있었다. 지원하고, 탈락하는 경험이 쌓였고 나도 합격 통보를 받았다. 내 취업 소식을 동기들과 함께하는 커뮤니티에 전했다. 바로 남편에게 메신저로 연락이 왔다. 직장이 정해져서 마음이 편해졌을 테니 저녁을 같이 먹자고. 싫지 않았다.

*

결혼을 빨리하고 싶었다. 원가족과 함께 사는 집에서 벗어나고 싶었다. 나는 삼남일녀 4남매의 장녀다. 엄마는 16살에 세상을 떠났다. 아버지와 4남매 다섯 식구 우리 집에서 유일한 여자였다. 가난한 집의 남동생 셋을 둔 장녀에게는 사랑과 지원보다 양보와 희생이 요구되기 마련이다. 양보와 희생의 요구에 응하며 내 인생을 바치고 싶지 않았다. 사랑과 지원까지 바라지 않았다. 대학 진학을 포기하고 취업해 동생들을 뒷바라지하는 삶을 살고 싶지는 않았다. 지원까지는 아니어도 방해는 받지 않길 바랐다. 딱 한 번씩 주어지는 기회를 놓치지 않기 위해 악착같이 버티며 살았지만, 늘 불안하고 외로웠다.

대학 전공도 적성과 취향보다 취업을 고려해서 선택했다. 취업 걱정 없는 전공이었지만 예상치 못했던 IMF 사태로 취업에 실패했다. 취업해서 경제력이 생기면 독립하려던 꿈이 무산되었다. 취업하지 못한 채로 대학을 졸업했다. 소속이 없고 불안정한 미래에 대한 불안을 다스리며 취업을 준비해야 했다. 당분간 취업이 쉽지 않은 경제 상황이었다. 어차피 한동안 앉아 있어야 할 가시방석은 직업과 미래에 대해 다시 생각하게 했다. 나의 적성, 성격, 장단점, 성별, 괜찮은 엄마로 살고 싶은 꿈을 고려했다. 전문성을 공적으로 인정받는 국가 공인 자격증을 취득하기로 했고, 대학 전공을 고려해서 변리사가 되기로 했다. 시험 준비를 시작했고, 30개월 준비해서 변리사가 되었다.

변리사라는 직업이 생겼다. 직장은 구해질 거라고 믿었다. 하루라도 빨리 내가 원하는 대로 내 생활을 주도할 수 있는 환경을 만들고 싶었다. 독립의 방법으로 결혼을 선택했다. 변리사 시험 합격자 연수받는 동안 남편과 가깝게 지내지는 않았으나 남편에 대한 어렴풋한 정보는 있었다. 대전에서의 연수를 마치고 서울에서의 연수가 시작되었다. 서울에서의 연수는 집에서 출퇴근하며 받았다. 남편은 모임에서도 옆자리에 앉은 날이 많았고, 모임을 마칠 때면 집까지 바래다주겠다고 했다. 남편은 모든 면에서 적당했고, 믿음직했고, 존중하고 존경하는 마음이 생기게 했다. 의지해도 될 사람 같았다.

*

그런 남편이 어느 날 데이트 신청을 했다. 시험도 합격했고 취업도 결정되었다. 거절할 이유가 없었다. 첫 만남에서 남편은 결혼하자고 했다. 거절하지 않았다. 장난처럼 내뱉은 남편의 한마디와 애매한 내 대답으로 우리의 결혼 준비는 시작됐다.

<같이 가자>

결혼은 두 사람이 한 가족이 되어 새로운 삶을 시작하는 것이다. 함께 삶을 시작하려면 많은 준비가 필요하다. 혼인신고라는 법적인 절차 외에도 가족, 친구, 동료들을 모아 우리는 이제 한 가족이 되었다고 신고하는 결혼식도 한다.

우리의 본격적인 결혼 준비도 결혼식장을 정하는 것부터 시작되었다. 삼 개월도 채 남지 않은 결혼식 날짜를 정해두고 특급 작전 수행하듯 결혼식장을 예약하고 신혼여행지를 정했다. 예물도 준비하고 가구도 준비했다. 남편도 나도 양가 부모님도 취향이 무난했고, 준비와 절차보다는 결혼이라는 내용에 충실하면 된다고 생각했다. 부족한 것은 살면서 마련하기로 했다. 완벽한 준비보다 미흡한 부분을 채우는 게 부부라고 생각했다.

결혼이라는 공동의 목표, 결혼식이라는 마감을 정해두고 아직 서로 낯선 우리는 성실하고 바쁘게 호흡을 맞춰 나갔다. 오래 만난 커플도 결혼을 준비하면서 많이 다툰다고 했다. 다툼 끝에 파혼하기도 했다.

우리는 그럴 여유가 없었다. 빡빡하게 정해진 일정은 머뭇거림과 갈등의 여유를 허락하지 않았다. 일사불란하게 하나씩 결정하고 쳐내면서 우리는 팀워크로 결혼 생활을 시작했다. 낯설고 설렌 상태로 결혼한 덕분에 신혼 기간도 평탄했다. 서로에게 익숙해지고 데이트하는 기분으로 살았다. 쳐내야 할 프로젝트가 생기면 결혼을 성공시켰던 팀워크를 발휘하며 지나 보냈다. 그렇게 우리는 22년 동안 아들, 딸 남매를 낳고 키우며 잘살고 있다.

<잔털을 모아모아>

오늘은 결혼기념일이었다. 20년도 넘게 훌쩍 지나버린 결혼사진을 보며 남편과 나, 우리 모습을 그렸다. 그리려고 사진을 자세히 들여다보니 남편과 나는 묘하게 닮았다. 나와 남편의 모습을 관찰하고, 그 모습을 나의 그림으로 옮기는 내내 우리가 함께 살아온 세월의 추억이 떠올랐다. 서로를 잘 알지 못했으나 결혼을 결심했고, 결혼했고, 함께 살아온 세월. 설렘이 사랑이 되고 정이 될 때까지 무탈하게 살 수 있었던 동력은 믿음이었다. 나와 나의 상대는 모두 괜찮은 사람이라는 믿음, 내가 먼저 노력하면 상대도 함께 노력할 거라는 믿음, 그렇게 살다 보면 점점 더 끈끈하고 믿음직한 사랑이 될 거라는 믿음이다. 그 믿음은 풋풋했던 젊은 날의 설렘이 노련한 연배의 정으로 무르익게 했다.

그림은 그릴 대상을 관찰하게 했다. 자세히 관찰하여 내 마음에 들이고, 그걸 다시 몸으로 표현하는 과정에서 대상과 나의 관계를 돌아보고 되새김질하게 했다. 사느라 고단하고 바빠 잊은 줄 알았던 초심과 상대를 향한 고마움을 떠올리게 했다. 살만했던 과거는 두 주먹 불끈 쥐고 다시 한번 살아보자는 동력이 될 것 같았다.

날지 않아도 괜찮다

<빼꼼>

축복받으며 태어나지 못했어도 괜찮다

늘 죄책감이 있었다. 출처도 이유도 알 수 없었다.

이유를 알 수 없는 미안함이 마음 한구석에 묵직하게 자리 잡고 있으니 항상 긴장하고 위축되었다. 매사 당당하게 앞장서거나 자신 있게 추진하기 어려웠다. 부탁이든 요구든 거절할 수 없었다. 나의 번아웃은 늘 긴장하고 깨어있어야 한다는 강박증, 거절하지 못하는 무조건 수용의 태도, 인정과 칭찬을 열망하는 마음에서 시작된 것 같았다.

외가에 가면 외할아버지, 외할머니, 이모들, 삼촌들은 입을 모아 나에게 엄마 이야기를 했다.

"윤경아, 네 엄마는 아이큐가 155였다. 어릴 때부터 열 명이 넘는 형제 중 머리도 제일 좋고 잘하는 것도 많았다. 수학도 잘했고, 글도 잘 썼고, 글씨도 잘 썼고, 음악도 잘했다."

"네…"

"엄마는 형제 중 제일 예뻤고 착했어. 외할아버지를 많이 닮아 외할아버지가 제일 예뻐했다. 외할아버지가 회사 근무로 가족들과 떨어져 살 때가 있었는데, 외할아버지가 네 엄마만 데리고 가서 살았어. 지금도 외할아버지는 네 엄마를 제일 예뻐하셔."

"네…"

"윤경아, 네 엄마가 얼마나 똑똑했는지 알아? 2살 많은 언니를 따라 유치원에 보냈더니 배울 것도 없고 시시하다며 다음 날부터 안 간다고 하더라. 초등학교에 입학시켰더니 두 번이나 월반했다. 공부를 안 해도 늘 100점을 맞았고, 항상 1등이었어."

"네…"

"엄마가 다녔던 고등학교에서 서울에 있는 대학에 진학할 수 있는 학생은 엄마밖에 없었지. 계속 공부했으면 잘했을 텐데, 너희 아빠를 만나고 너를 임신해서…"

"…"

외가 식구들이 나를 볼 때마다 입을 모아 이야기했던 두뇌 명석하고 다재다능했던 엄마의 어린 시절에 비해 내가 만난 엄마는 평범했다. 서울에 있는 대학에 다닌 것도 아니었고, 그나마 중퇴했다. 음악에 재능이 넘쳤다지만 음악을 전공한 것도 아니었다. 글을 쓰기만 하면 상을 탔다고 했지만 어릴 때는 글 쓰는 엄마 모습을 본 기억이 없었다. 내 눈에 비친 엄마는 남편의 사업을 거들며 아이들을 키우는 그 시절 여느 집 엄마의 모습과 크게 다르지 않았다.

천재성을 갖고 태어난 다재다능한 엄마가 평범한 한 가정의 아내로 주저앉은 원인은 나, 나라는 존재였다. 외가 식구들은 엄마의 빛나는 어린 시절 이야기를 '너를 임신해서'로 마무리했다. 엄마는 대학 시절 아빠를 만났고, 아빠와 연애하면서 나를 임신해서 학교를 중퇴했다. 배 속에 잉태된 나라는 작은 생명체를 포기할 수 없어 무한한 가능성을 포기하고 평범한 아내, 엄마로 살기로 했다는 이야기였다.

게다가 엄마의 결혼 생활은 평탄하지 않았다. 혼전 임신으로 대학 졸업을 포기했던 엄마는 어린 나이에 나를 낳았고 아빠를 따라 상경했다. 가난한 집 아들, 딸이 혼전 임신으로 시작한 양가의 환영을 받지 못하는 결혼 생활이 평탄하기는 어려웠다. 경제적으로 자리를 잡아가는 것 같았지만, 아버지 사업의 부도로 다시 어려워졌다. 경제적인 이유가 아니어도 엄마는 늘 어렵고 힘겨운 날을 보냈다. 내 눈에는 그렇게 보였다.

나도 괜찮은 딸이었다. 엄마만큼은 아니어도 공부도 잘했고, 음악, 미술도 잘하는 편이었다. 예쁘고 착하다는 말도 많이 들었다. 삼남일녀 4남매의 장녀 역할도 잘 해냈다. 감각이 예민했고 눈치가 빠르고 칭찬받는 걸 좋아했다. 어른들의 칭찬으로 내 존재가치를 인정받는

걸 즐겼다. 집에 손님들이 오면 세 명의 남동생을 밖으로 데리고 나가
거나, 방 하나에 몰아놓고 큰 소리 나지 않게 잘 데리고 놀았다. 손님
들과 동행한 어린 손님들이 있는 날은 어린 손님들도 함께 인솔했다.
나의 장녀 노릇 중 가장 크게 칭찬받았던 역할은 '없는 듯 있는 것'이
었다.

심리상담을 받던 어느 날이었다. 상담을 4개월 정도 계속했던 날이
었다.

"이제 눈을 감고 엄마에게 하고 싶은 이야기를 해 보세요."
"…생각나지 않아요."
"조금 더 있어 보세요. 꼭 이야기하지 않아도 되고, 한참 있다가 이
야기해도 돼요. 눈감고 편안히 좀 더 있어 보세요."

상담사 이야기대로 한참 눈을 감고 있었더니 엄마와 보냈던 장면
들이 하나씩 떠올랐다. 그리고 닫혔던 눈과 입이 한꺼번에 열리며 딱
두 마디가 터져 나왔다.

"엄마, 미안해."

한참을 오열했다. 연이어 "나 때문에 엄마는"으로 시작하는 엄마의
이루지 못한 꿈을 이야기했고, "엄마는 이제 내 곁에 없어서"로 시작

하는 안타까움과 그리움을 이야기했다.

'나 때문에'를 반복했던 그날의 상담으로 늘 궁금했던 출처와 원인을 알 수 없는 죄책감에 대한 궁금증이 해소되었다. 상담사와 이야기를 나누는 동안은 내게 오랫동안 뿌리 깊은 죄책감을 심어준 어른들이 야속했고, 지난 시간이 억울했다. 미안하다고 사과할 수도, 괜찮다고 이해할 수도, 이제라도 꿈을 찾아보자고 응원할 수도 없는 흔적뿐인 엄마가 밉고 그리웠다.

상담소를 나와 차에 올라 시동을 걸고 출발했다. 계속 운전해서 집에까지 갈 자신이 없었다. 한적한 곳에 차를 세우고 다시 또 한참을 울었다. 믿었던 사람에게 배신당한 기분이었다. 하늘이 무너진다는 기분이 이런 걸까. 앞으로 어떻게 살지?

이상했다. 집으로 돌아오는 동안 세상을 집어삼킬 것 같은 마음속 파도가 어느 한순간 아무 일 없었다는 듯 사그라들어 고요해졌다. 살면서 늘 불안하고 마음이 힘들었지만 내 마음이 힘들길 바랐던 사람은 아무도 없었다. 엄마가 살아있을 때도, 고인이 된 다음에도 나를 볼 때마다 엄마 이야기를 했던 어른들도 엄마 이야기로 나에게 상처를 입히거나 힘들게 하려고 그랬던 건 아니었다. 어릴 때 두각을 나타났던 재능에 비해 평범하게 지내고 있는 자식, 형제가 아쉽고 안타까워서 고인이 되어볼 수도, 이야기 나눌 수도 만질 수도 없는 딸, 언니, 동생이 보고 싶어서 엄마를 많이 닮은 나에게 푸념처럼 뱉은 이야기일

뿐이었다. 바꿀 수 없는 과거는 고민의 원인을 찾았으니 됐다. 미제 사건을 해결했으니 사건 파일을 덮고 시간순으로 고이 보관하면 그만이다. 인과관계를 알았으니 같은 사건이 반복되지 않도록, 이제는 어른이 된 내가 더 조심하면 된다.

"가슴 아프지만, 이 이야기는 꼭 해야겠어요. 어릴 때 집안 어른들이 어린 윤경 씨에게 했던 말과 행동은 의도하지 않았어도 넓은 의미의 아동학대에요. 그 이야기를 들을 때마다 윤경 씨가 엄마를 보면서 어떤 생각을 하고, 어떤 기분을 느꼈을까요?"

누군가의 꿈을 뭉개고 좌절시키면서 태어난 존재라는 각인은 나는 잘못 태어난 존재라는 전제 위에서 하루하루를 살아가게 했다. 존재 자체가 잘못이니 늘 죄책감을 가슴에 품고 살아야 했다. 항상 타인의 눈치를 살필 수밖에 없었다. 타인의 반응과 칭찬을 통해 나도 살아도 될만한 사람이라고 인정받아야 했다. 그래야 살 수 있었고, 살 만했다. 자신의 욕구와 선호는 무시하고 타인에게만 센서를 맞추고 늘 긴장하고 깨어있었다.

이렇게 보낸 시간이 50년 가깝게 축적되면서 과열되어 멈춘 엔진처럼 나도 번아웃으로 멈춰버렸다. 늘 가슴 한쪽을 짓누르고 있던 죄책감의 원인을 찾아냈다. 출구가 보이지 않던 번아웃의 동굴에 다이너마이트가 펑 터지고 밝은 빛이 쏟아졌다. 출구가 열려 동굴이 터널이 되었다. 밝은 빛은 일상의 중심에 자신을 찾은 것이었다. 찬란하게 밝은 빛을 되찾아준 다이너마이트는 입에 담을 수도 없었고, 설마라고 의심할 수도 없었지만 어쩌면 어렴풋이 알고 있었던 멀고 먼 어린 시절을 거짓으로 미화하지 않고, 있는 그대로 바라보고 수용한 것이었다.

그날의 심리상담 이후 가족과 세상의 축복을 받으며 태어나고 싶었던 이룰 수 없는 과거의 꿈을 포기했다. 과거에의 미련을 버리고 나니 현재의 축복을 가볍게 누리는 방법을 깨닫고 매일 실천할 수 있었다. 사랑하고 사랑받으며 함께 미래를 꿈꿀 수 있는 넓은 날개를 얻었다. 그래서 행복해졌고, 행복을 죄책감 없이 느낄 수 있었다.

세상에 잘못 태어난 존재가 있을까?
부모가 원하지 않았던 임신으로 태어난 아이들도 잘못 태어나지 않았다. 콕 짚어 잘못한 사람을 정해야 한다면, 원치 않았으면서 임신하고 출산한 부모를 지목해야 한다. 그리고 때로는 강제로 임신당하거나 출산해야 하는 사례도 있다. 아이의 잘못이 아니다. 내 뜻으로 이 세상에 태어난 사람은 아무도 없으니까. 그 어떤 누구도 잘못 태어날 수 없다. 축복받으며 태어나지 못했어도 괜찮다. 잘못 태어난 것이 아니다.
모든 생명의 탄생에는 잘잘못을 물을 수 없다.
과거에도. 그리고 앞으로도.

<괜찮다>

지금 시작해도 괜찮다

"전시회로 더 많은 사람과 그림을 나눠보세요."

SNS에서 친구가 된 화가 친구의 한마디로 시작된 일이었다. 예정대로 2023년 7월 열세 명의 화가와 함께 첫 단체전을 했다. 그 후로두 번의 단체전을 더 했고, 2024년 10월 은하수서울 갤러리의 초대로첫 개인전을 4주 동안 했다. 내 그림으로 내 계획대로 내 공간을 채운전시회였다. 정말 많은 분이 방문하여 축하해주셨고, 많은 그림이 판매되었다. 나는 화가가 되었다. 한 번도 꿈조차 꿔본 적 없었다. 꿈보다 더 큰 꿈이 이루어졌다.

인스타그램 그림 계정 덕분에 시작된 일이었다. 인스타그램에 그림 계정을 만들고 매일 밤 한 점의 그림을 그려 올렸다. 그림이 하나둘씩 쌓이면서 그림 친구들도 늘어났다. 그림으로 소통하는 하루하루가 즐거웠다. 새로운 재료도 써 보라고 권하기도 했고, 좀 더 큰 그림을 그려 보라고 제안하기도 했다. 진심 어린 조언들이 고마웠고 그림에 대한 새로운 접근법과 그 방법을 알아가는 재미를 느꼈다.

하나씩 도전하고 실천했다. 색연필, 마카, 목탄, 물감 등 새로운 재료에 도전했다. 손바닥 크기의 몰스킨 노트에서 가로, 세로 20센티미터 정도 드로잉 북으로, 다시 A4 용지 크기의 켄트지로, 8절 도화지로, 캔버스 12호, 15호, 30호까지 키워나갔다. 아이패드로 그리는 디지털 드로잉에서 종이에 그리는 아날로그 드로잉으로 확장했다. 익숙해지면 새로운 것에 도전하고, 새로운 것에 익숙해지면 또 다른 새로운 것에 도전했다. 설렘과 두려움, 익숙함의 반복으로 내 마음의 크기도 성장하고 있었다.

단체 전시를 함께 준비한 화가 중 내가 나이가 가장 많았다. 반백 살이라는 나이는 회사에서는 본부장급이고 새롭게 시작하는 일 대부분에서는 최고령이었다. 예상은 했지만 진짜 최고령이라고 하니 머쓱하면서도 묘하게 뿌듯했다. 함께 전시를 준비하는 동료들은 모두 미술을 전공하지 않은 사람들이었다. 가장 어린 친구는 20대 초반, 내 큰 아이와 나이 차이가 별로 나지 않았다. 도대체 이 사람들은 왜 그림을 그리고 전시까지 하는지 궁금했다. 함께 전시를 준비하고, 전시장을 지키면서 이야기를 나눴다. 물리학도로 연구실에서 연구하면서 꾸준히 그림도 그리고 리듬체조까지 하는 20대 친구가 있었다. 회사원이지만 그림도 그리고 캘리그라피도 하는 사람도 있었다. 동양화를 전공했지만, 서양화와 접목하기 위해 화실에 나오는 사람도 있었고, 아들 3형제의 엄마도 있었다. 이번 전시는 같이하지 않았지만, 화실에 나와 그림을 그리는 사람 중에는 변리사, 변호사도 있다고 했다. 그림을 그리는 사람 중에는 이공계 관련 일을 하는 사람, 전문직 종사자들도 많다고도 했다.

다양한 분야의 사람들과 이야기를 나눠보니 나의 번아웃은 예고된 이벤트였다. 아, 부러운 취미 부자들. 특히 젊은 친구들, 어린 나이에 벌써 이렇게 똘똘하게 자신을 잘 기획하고 성장시킬 수 있는지 궁금하고 부러웠다.

비우고 채우고, 높이고 낮추고, 강약을 조절하면서 꾸준히 페이스를 유지해야 건강하게 오래 달릴 수 있다는 사실을 나는 다리에 힘이 풀리고 돌부리에 걸려 넘어지고 나서야 깨달았다.

함께 그림을 그리고 전시한 친구들은 미리 알고 충분히 대비하고 있었다. 이유가 없다고 생각했는데, 예정된 사고였다고 생각하니 안도감이 들었다. 홀가분해졌고, 더 늦기 전에 겪고 넘어가 다행이라는 생각까지 들었다.

백세시대, 우리 모두 100살까지 산다고 하면, 50살 나에겐 50년이 남았고, 30살인 사람들에겐 70년이 남았다. 긴 호흡으로 보면 50년이나 70년이나 큰 차이 없다(라고 믿고 싶었다). 지금이라도 꾸준히 페이스를 유지할 방법을 알아냈으니 다행이었다. 늦지 않았다. 망친 인생이라고 후회하고 실망할 필요 없다. 먼저 간 사람들을 따라잡겠다고 허둥지둥 서두를 필요도 없다. 멈추지 않았으니 충분했다. 못다 이룬 꿈이 있다면 기억하고 찾아내어 지금이라도 시작하면 괜찮았다.

<많이 컸지>

아프다고 얘기해도 괜찮다

"오~ 윤경, 얼굴 좋은데. 표정도 완전히 달라졌어. 그림 꼭 계속 그려. 꼭꼭!!"

오랜만에 어릴 적 친구를 만났다. 보자마자 듣고 있기 부끄러울 정도로 환호성을 질렀다.

"알았어, 알았다고. 그만 그리라고 해도 계속 그릴 거야, 그림. 걱정하지 마."

그림을 꾸준히 그리고, SNS에 올리고, 전시 등 이벤트도 SNS에 알렸다. 연락처가 있는 사람들은 이제 내가 그림 그리는 사람이 되었다는 걸 알았다. 오랜만에 만나는 사람과의 첫인사는 이제 내 그림 이야기가 되었다. 변리사는 예술과 전혀 무관한 영역의 직업이어서 내가 그림을 그리는 게 더 낯설고 재미있는 이야기 소재가 되었다. 여럿이 모인 자리에서도 그 친구는 다른 이야기를 하다가도 정색하며 여러 번 당부했다. "윤경, 그림 꼭 계속 그려!!" 다른 친구들도 맞장구쳤다.

오랜만에 만나는 다른 친구, 지인들도 나를 보고 달라졌다고 했다. 표정과 분위기가 밝아졌고, 웃음이 자연스러워졌고, 말이 많아졌다고 했다. 전화 통화만으로도 발음이 정확해졌고, 말끝을 또렷하게 맺는다는 이야기도 많이 들었다.

나는 달라졌다. 내 눈과 마음과 피부로 변화가 느껴졌다.

그동안은 하고 싶은 것이 없다고 부정하고 참아내느라 고개 숙여 땅만 보며 지냈었다. 그러다 그림을 만나 어깨 쭉 펴고 고개를 들어 드넓은 하늘을 마주한 것이다. 나는 독방의 비좁은 천정에 홀로 갇힌 사람이 아니었다. 하늘 아래 아름다운 세상 그리고 좋은 사람들과 함께 살고 있었다. 행복에 대한 깨달음은 나에게 밝은 에너지를 채워주었다.

번아웃이라는 돌부리에 걸려 곤두박질쳤다. 생각보다 깊은 상처에 당황했고, 회복의 방법을 찾지 못해 헤맬 때는 세상에 알려질 것도 두려워 쉬쉬했다. 다양한 시도 끝에 그림이라는 효과 있는 방법을 찾았고, 꾸준히 그리면서 차도가 있는 걸 체감했다. 찾아낸 방법이 예상 밖의 그림이었고, 분명 나는 나아지고 있었다. 완쾌의 방향이 예전 모습과는 다르리라고 생각하니 안심이 되었고 즐거웠다.

<힘차게>

회복의 자신감이 생기니 번아웃을 굳이 감추고 싶지 않았다. 많이 힘들었는데 잘 회복하고 있다고 모험담처럼 나누고 싶은 마음도 생겼다. 번아웃이든 갱년기든 침체기는 누구에게나 갑자기 들이닥칠 수 있는 이벤트다. 미리 다른 사람의 경험담을 들어둔다면 내 일로 닥쳤을 때 참고할 수 있다. 오랜만에 만난 사람, 새로 알게 된 사람들을 만나 내 얘기를 할 기회가 생기면 나의 번아웃을 이야기하기 시작했다. 편한 상대, 나와 나이가 비슷하거나 성향이 비슷한 사람들을 만나면 더 적극적으로, 마치 스프링클러에서 물살이 뿜어 나오듯 나의 번아웃 이야기를 뿜어내었다.

"나는 강철 체력 박다르크였어. 번아웃 따위는 근처에도 못 올 줄 알았지. 다양한 시도를 했으나 효과가 없고 지속하기도 어려웠어. 그런데 전혀 예상하지 못한 그림을 만나 회복되는 중이야. 그리고 그 회복의 방향이 바람직해서 좋아."

예전에는 다른 사람들에게 굳이 내 약점이나 흠집을 알리려고 하지 않았다. 뭐든 잘해야 했고, 흠집이 없어야 인정받고 사랑받을 수 있다고 생각했다. 약점이 있으면 어떻게 해서든 강점으로 끌어올리거나 적어도 눈에 띄지 않을 정도의 수준까지 끌어올려야 했다. 흠집을 드러내야 할 자리가 생기면 핑계를 대고 피했다. 늘 긴장했고, 부단히 노력했고, 괜찮은 척했다. 엉망진창으로 고장 난 나는 모든 필터와 조정기가 말을 듣지 않았고, 여기저기 말썽을 일으켰다. 울며 겨자 먹기

로 긴장을 풀어야 했고, 노력을 중단해야 했고, 괜찮은 척을 포기해야
했다.

내 소식을 들었다며 많이 좋아하는 동네 언니가 연락했다. 차 한잔
하자고 해서 언니를 만나 직접 내 소식을 전했다. 매일 밤 하루를 복
기하며 말과 행동으로 다른 사람에게 상처를 준 것이 없는지 생각하
고 반성한다는 따뜻한 언니를 보니, 굶주린 모성을 찾아 열정대학 학
생이 되었던 것이 떠올랐다.

"언니, 생각해 보니 제 주변에 여자가 너무 없더라고요. 그래서 여
자들이 가득한 열정대학이라는 곳에 제가 입학했어요."
"아 그랬구나. 윤경이 주변에 여자가 정말 없네. 그럼 언니를 찾았
어야지."
언니의 두 손으로 내 두 손을 모아 꼭 잡아주었다. 누군가 이렇게
내 두 손을 모아 잡아준 적이 언제였는지 기억나지 않았다. 낯선 온기
에 눈물 줄기들이 두 볼을 타고 주르룩 흘러내렸다.

병은 널리 알리라는 말이 있다. 잘해야 하고, 완벽해야만 사랑받고
인정받을 수 있다고 생각하며 살았는데 아니었다. 부족한 점을 부족
하다고 인정하고, 하기 어려운 것을 거절하고, 아파서 치료 중이라고
이야기하니 세상은 오히려 한 발씩 다가왔다. 좋아질 방법을 알려주
고, 꼭 좋아질 거라고 응원했다. 길게 고민하고 포기하거나 거절하는

것보다 일찌감치 거절하고 포기하면 상대도 시원하게 받아들였다. 병을 널리 알렸더니 회복에 가속도가 붙기 시작했다.

번아웃의 돌부리에 걸려 갑자기 곤두박질쳤고, 생각보다 깊은 상처로 오래 힘들었다. 다시 걸을 수 있게 회복되었지만, 걸음의 속도, 보폭, 호흡 등 걸음걸이가 예전과 완전히 달라졌다. 이제 예전처럼 원할 때마다 전력 질주하기는 어려워졌지만, 덕분에 무리하지 않고 호흡과 속도를 조절할 수 있다. 주변의 풍경을 감상할 수 있고, 옆에 있는 사람과 이야기를 나누며 속도를 맞춰 달릴 수도 있다.

돌부리에 걸려 넘어져 보는 것도 나쁘지 않았다.

<오늘도 한 발>

일의 자리를 바꿨더니 괜찮아졌다

　무작정 일을 그만둘 게 아니었다. 좋아하고 잘할 수 있는 일과 업무 형태를 찾아서 그 일로 바꾸면 다시 일할 수 있을 것 같았다. 일하는 박윤경이 끝이 아니라서, 그걸 깨달아서 너무 다행이었다.

　장애인 보조기기를 개발하기 위한 프로젝트에 선정되어 과제를 수행하고 있었다. 기술력 있는 회사에서 제품을 제작해서 공급하고 우리는 제품을 판매하기로 사업 방향을 정했다. 제안서를 준비하기 직전 마음이 변해서 제안서를 제출하지 않겠다고 고집을 피웠지만, 기술 회사 대표님의 설득으로 제안서를 제출했고 선정되었다. 프로젝트만 함께 하고 다른 일에는 관여하지 않는 방식이었고, 출근과 재택근무를 병행하는 형태였으며 무엇보다 내가 대표직 업무를 대리 수행하지 않는 회사, 회사의 경영에 관여하지 않는 회사에 고용되어 일하기 시작했다.

변리사는 특허청, 법원에 제출할 문서를 쓰거나 기술문서를 번역하는 일을 많이 한다. 팀 프로젝트보다 혼자 하는 일이 많다. 조용히 집중해서 문서 작업을 많이 하는 일의 특성상 폐쇄된 방이나 높은 칸막이로 분리된 자리에서 일하는 경우가 많다. 내 자리도 업무 책상과 작은 회의 테이블이 있는 방이었다. 기술 회사에서의 내 자리는 일반 직원들 자리 중 한 자리였다. 임원도 아니었고, 매일 출근하지도 않았고, 회사의 경영에 관여하는 것도 아니니 독립된 자리가 필요 없었다. 특허법인에서는 클라이언트와의 계약, 회계, 인사 등 보안이 중요한 일을 처리해서 프린터, 제본기, 사무용품도 내 전용의 집기들로 일했다. 여기서는 공용 프린터를 썼다. 인쇄 명령을 보내고 한참 걸어가서 다른 사람들의 출력물 사이에서 내 출력물을 골라와야 했다. 특허법인에서는 영상이나 디자인 작업물을 확인해야 했고, 발표 자료를 작성하는 일이 많았고, 회사에서 제일 긴 시간 일한다는 이유로 화면이 크고 선명한 모니터를 썼다. 프로젝트 베이스 근로계약에 출근하는 날도 많지 않은 내가 굳이 모니터를 쓸 이유도 없었다.

물리적인 업무환경은 특허법인에 비하면 많이 나빠졌다. 독립된 공간에서 폐쇄적으로 일하다가 공용의 공간에서 공개적으로 일하려니 처음에는 적응이 안 됐다. 업무시간에 딴청 피우는 것도 아닌데, 뒤통수에 눈동자를 여러 개 달고 눈치를 살피고 있었다. 시간이 지나니 적응되기 시작했다. 공개된 공간에 공개되는 모니터 덕분에 내 업무를 궁금해하고 조언을 주는 사람들도 생겼다. 오며 가며 커피 한잔하

자고 손 내밀어 주는 사람들도 있었다. '이거 괜찮은데?'라는 생각이
들었다.

사람들이 모이면 불평이 생기기 마련이다. 결정된 사항에 대해 모
여서 잡담처럼 가볍게 투덜거리고 나면 불편한 감정이 해소되기도 한
다. 대표님 가까이 있었고, 회사 방침을 전달해야 했고, 결정된 사항을
완수해야 했던 때 직원들의 회사에 대한 불평은 나를 향한다고 생각
했다. 마음이 불편했고 불안했다. 가벼운 불평인데, 불만 없이 회사 입
장을 관철하려고 몸부림쳤다.
그런다고 만장일치가 되는 것도 아니었다. 회사의 입장에 동조하
는 이야기를 들어도 긴장하기는 마찬가지였다. 다음엔 무엇을 어떻게
진척시켜야 할지 생각하느라 마음이 바빴다. 여기서는 달랐다. 회사
결정에 대한 불만을 듣고 있어도 나를 향한 것이 아니니 듣고 있으면
됐다. 찬성하거나 만족하는 이야기를 들으면 그저 동의하면 됐다.

회사의 경영에 관여하면 매월 수입과 지출을 챙겨야 했다. 회사의
살림도 집의 살림과 비슷했다. 써야 할 돈에 비해 들어온 돈이 적으면
어떻게 해서든 메워야 했다. 매월 일정액으로 지출되는 보이지 않는
비용도 생각보다 많았다. 급여를 비롯한 지출액에 비해 매출이 많은
달은 마음이 편했다. 지출액에 비해 매출이 적으면 금융기관에서 대
출받거나, 임원들의 개인 대여금으로 처리하거나, 어떻게 해서든 해결
해야 했다.

여기서는 법인의 매출을 알 수도 없고, 알 필요도 없었다. 회사의 매출이나 경영 현황을 몰라도 내가 일한 대가는 매월 급여일에 지급되었다. 이런 홀가분함, 안정감 오랜만이었다.

이전에는 급격한 체력 저하, 시도 때도 없이 터져 나오는 눈물보, 운전과 이동의 어려움, 극심한 불면증과 우울감 등으로 정상적인 일상생활이 불가능했다. 공적인 업무는 당연히 더 어려웠다. 선택의 여지 없이 하던 일 대부분을 그만두어야만 했다. 기술 회사 대표님의 설득 덕분에 새로운 인연을 시작했다. 낯선 곳에서 낯선 사람들과 함께, 근로자의 지위로 일했다. 내 자리가 있고, 내가 할 일이 있고, 그 일을 해서 대가를 받는 것이 좋았다. 번아웃 초기 오전 내내 아무것도 안 하고 소파에 늘어져 시간을 보내던 때보다 이렇게 일하는 시간이 더 좋았다.

먹고 살기 위해 돈을 벌어야 했던 건 맞지만, 밥벌이를 위해 어쩔 수 없이 일한 것만은 아니었다. 나는 일을 좋아했다. 일에 필요한 공부를 하고, 사람들과 어울려 의견을 모으고, 공부하고 논의한 것을 적용해서 결과를 내는 것이 즐겁고 보람 있었다. 결과를 내는 과정의 삽질도 고단해도 재밌었다. 시행착오의 경험은 고스란히 내 안에 축적되었다. 일의 결과에 직접 영향을 미치지 못해도 다음에 다른 일을 하거나 중요한 결정을 하는 데 도움이 되었다. 세상에 공짜는 없어서 몸과 마음을 쓰고 공들여 보낸 시간만큼 성장할 수 있었다. 그래서 일하는 게 좋았다.

사람마다 그릇의 모양, 색깔, 크기가 다르다. 그동안 내 그릇이 어떤지 생각조차 하지 않았다. 맞지 않는 일까지 무조건 수용하고, 주어진 기회를 모두 주워 담느라 감당하고 견딜 수 없이 힘들었다. 일의 내용과 일하는 방식이 맞지 않아서 힘들었는데 일 자체를 좋아하지 않았다고 혼동했었다. 일의 내용과 일하는 방식을 바꿔 다시 도전한다면 다시 즐겁고 치열하게 일하는 박윤경으로 돌아갈 수 있겠다는 자신감이 차올랐다.

<꼿꼿하게>

아무것도 안 하는 시간도 괜찮았다

주말 아침 운동을 하고 왔다. 무거운 운동 기구도 많이 들었고, 상·하체를 동시에 단련하는 운동을 하고 왔더니 숨이 몰아쳤다. 남편에게 하는 말인지, 혼잣말인지 애매하게 이야기했다.

"아! 힘들다, 토할 것 같아. 우리 아침은 뭐 먹지? 애들은 뭐 먹고 싶어 할까?"

바로 아침 준비하겠다는 이야기였다.

"아무것도 하지 마. 힘들 때는 아무것도 안 하고 쉬는 거야."

남편이 대답했다.

둔탁한 망치로 머리를 한 대 맞은 듯 띵했다.

그렇다. 힘들면 아무것도 안 하고 쉬어야 한다. 쉬면서 에너지를 채우고 다시 달려야 계속 달릴 수 있다. 하루 24시간 계속 무언가를 해

야 하는 것도 아니고 계속할 수도 없다. 벌떡 일어나 달릴 때도 있어야
하고, 앉아서 운동화 끈을 다시 맬 때도 있어야 한다. 오르막길을 오
르는 속도와 내리막길을 내려가는 속도도 달라야 한다. 그걸 잊었고,
그래서 번아웃에 강타당했다.

아무것도 안 하는 시간은 아무것도 안 하는 것이 아니었다.
아무것도 안 하는 시간은 제대로 달리기 위해 준비하는 시간이었다.
균형을 유지하며 계속 달리기 위해 꼭 필요한 시간이었다.

남편 말을 듣기로 했다. 달라진 체력 때문에 남편 말이 아니어도 쉴
수밖에 없었다. 휴식에 긴 시간이 필요하지도 않았다. 20분 소파에 기
대어 아무것도 안 하고 숨을 고르니 에너지가 차올랐다. 정말 딱 20분
쉬었더니 다시 일어설 기운이 났다. 가볍게 일어나 즐겁게 다음 활동
을 할 수 있었다.
이 뻔하고 간단하지만 중요한 원리를 왜 잊고 살았을까. 우리에겐
아무것도 하지 않는 시간이 필요하다. 정말 아무것도 하지 않는 시간
말이다. 몸도 마음도 생각도 아무것도 안 하는 시간이 있어야 공간이
생긴다. 그리고 새롭게 입력되는 에너지, 감정, 정보가 내 안의 그 공
간에 자리를 잡고 내 것이 될 수 있다.

깔때기가 생각났다. 입구가 작은 큰 병에 깔때기를 끼우고 액체나
고체를 담을 때를 생각했다. 액체나 고체를 깔때기에 멈추지 않고 부

으면 깔때기에서 병으로 넘어가지 못했다. 깔때기에서 병 주둥이를 통해 병 속으로 어느 정도 흘러 들어간 다음 더 담아야 깔때기가 넘치지 않았다. 넘칠 걸 예감하면서도 더 부어 넣는 과욕을 부리면 영락없이 깔때기를 흘러넘쳤다. 우리 몸과 마음도 똑같았다. 에너지든, 감정이든, 정보든 깔때기에 부었다면 주둥이를 통해 병으로 흘러 들어가 자리 잡길 기다렸다가 더 부어야 했다.

앞으로 마음이 다시 급해지면 나는 용량은 크나 주둥이가 작은 병이라고 생각해야겠다. 용량에 비해 좁은 주둥이 때문에 계속 에너지, 감정, 정보가 흘러넘쳤다. 번아웃이 찾아준 요술 깔때기 덕분에 속도를 조절하면서 안전하고 깔끔하게 큰 병을 차곡차곡 채우는 방법을 배웠다.

넘어진 김에 쉬어간다고 했다. 넘어진 김에 쉬면서 두리번거렸더니 나만의 깔때기가 보였다. 계속 움직여야 한다는 불안감, 쉬는 것에 대한 죄책감이 올라오면 나의 요술 깔때기를 찾아 주문을 외워야겠다.

아무것도 안 하는 시간은 아무것도 안 하는 시간이 아니다.
아무것도 안 하기를 기를 쓰고 하는 시간이다.

<오늘도 고생했어>

아픔을 그려도, 꿈을 그려도 괜찮다

이제 과거의 아픔만을 그리지 않는다. 지난날의 상처를 그릴 기운이 있다면 희망과 꿈, 그보다 더 간절한 버킷리스트를 그리고 싶다.

얼마 전 매일 아침 버킷리스트를 적었다. 나는 주변의 감정이나 반응을 잘 흡수했다. 궁금한 것 많고, 궁금한 것은 해봐야 하는 호기심도 크다. 나의 예민함과 호기심은 새로운 것을 시작하기에는 도움이 되는데, 현재의 나에게, 한 분야에 꾸준히 집중하기엔 방해가 될 때도 있다.

심력이나 체력이 예전 같지 않았다. 다양한 일을 예전처럼 밤을 지새우며 하기 어렵다는 걸 받아들이기로 했다. 우선순위를 정하고 선택과 집중을 하기로 했다. 매일 아침 버킷리스트를 적었다. 버킷리스트에 6개월이라는 조건을 달았다.

‘나에게 남은 시간은 딱 6개월이다. 6개월이 흘러 눈 감기 전 돌이켜 봤을 때 하지 않아서 원통할 일을 생각나는 대로 쓰자.’

매일 아침 떠오르는 안 해서 원통할 일에는 같은 것도 있었고 다른 것도 있었다. 같은 것이 중복되는 날도, 새로운 것이 등장하는 날도 그날 아침의 버킷리스트대로, 원통한 채로 눈감지 않기 위해 살아 보려고 애썼다. 한 달 정도 매일 아침 썼더니 공통점이 보였다. 그리고 예상 밖이었다.

‘하지 않아서 원통할 일’은 변리사로 성공하기, 화가로 유명해지기, 품절 화가 되기, 외국에 작업실 갖기 같은 일의 종류나 성공의 정도가 아니었다.

<하지 않아서 원통할 일>

☐　　오전 내내 그림만 그리기

☐　　한 달 내내 책 읽고 글만 쓰기

☐　　바다가 보이는 숙소를 잡기

☐　　일주일 내내 바닷가 산책하고 영화 보며 빈둥거리기

☐　　제주에서 혼자 한 달 살며 온종일 내키는 대로 지내기…

이것들의 공통점은 '온종일, 수 시간 통째로, 내내'였다.

지난 2년 넘는 세월 동안 매일 밤 하루를 돌아보았다. 한 걸음 한 걸음 발자국을 남기듯 한 점씩 한 점씩 그림을 그리며 따라 걸었다. 영원한 하루들. 그림은 현재로 시작해서 과거로 시간여행을 떠나게 했다. 안달복달하며 성취하고, 그 성취를 증명하려는 마음을 비워낼 수밖에 없었다. 달라진 마음으로 돌아보는 과거는 지금까지의 기억과 다른 것도 많았다. 과거를 다르게 경험하고 현재로 돌아오면 지금의 나도 달라졌다. 매일 밤의 그림 기록은 이렇게 나를 치유하고 성장시켰다.

힘들면 쉬고, 일상에는 딴청의 조각을 섞어두고, 지독히 하고 싶은 일은 밥벌이와 관계없어도 해 보고, 좋아하는 걸 찾고, 보고 싶은 사람을 만나면서 내일도 살아보자. 그 살아냄 속에 내가 성장한다. 나의 성장에 걸림돌이 되는 한마디에 혹할 이유가 없다. 멈추고 되돌아가게 하는 일에 움찔할 이유가 없다. 나 자신, 나를 사랑하는 사람들, 내가 사랑하는 사람들을 믿고 다시 일어서 한 발 한 발 내딛자. 매일 밤 그림으로 다짐했다. 다짐을 그렸다.

어느 날 친구가 캔버스에 그림을 그려 보라고 권했다.
매일 밤 내 흔적을 남기려고 작은 그림을 그릴 때는 두 가지 마음이 있었다. 어릴 때 자물쇠를 채워두던 일기장처럼 누구에게도 들키지 않길 바라는 마음과 누군가 나 몰래 읽어보고 내 마음을 알아줬으면 하는 마음.

그림을 그릴수록 내 마음을 알아주길 바라는 마음이 커졌다. 그동안 내 마음을 이야기하고 다른 사람과 나누고 싶었던 거였다.

이젤을 장만하고, 이젤 위에 가로 60.5cm, 세로 50.5cm 캔버스를 올려두고 뭘 그릴지 생각했다. 세상에 숱하게 많은 백조를 그리면 어떨까. 자기만의 색깔이 뚜렷해서 분명하게 구별되는 백조를 캔버스 가득 그리고 싶었다.

물 위에 우아하게 앉아 있는 백조의 포즈 하나를 정하고, 캔버스 가득 방향과 위치를 달리하여 백조들을 배치하여 스케치했다. 백조마다 다른 색으로 칠하되 흰색을 많이 섞어 색과 색이 무리 없이 어우러지게 했다. 완성된 내 그림을 보는 사람들이 행복해졌으면 좋겠다는 바람도 생겼다. 캔버스에 그리기 전까지 걱정, 고민의 시간이 길고 깊어도 그 끝을 세상과 나누는 표현은 밝고 행복하게 하고 싶었다.

백조를 캔버스 가득 채워 그리고, 그 위에 살랑살랑 바람결을 그려 넣어 마무리했다. 제목은 <백조들의 꿈>으로 정했다.

"윤경님, 캔버스에 그림 그려둔 작품 있으시죠?"

"네, 있어요. 그런데 왜요?"

"그림 출품할 기회가 있어서요. 캔버스에 그려둔 그림 있으면 출품해 보세요."

"아, 부끄럽지만 한 점 있어요. 한 점도 괜찮을까요?"

"그럼요. 한 점도 괜찮아요. 출품해 보세요."

첫 전시를 함께 준비하고 있던 화실의 원장님이 도전해 보라고 했다. 첫 도전은 길게 고민하면 결국 안 하게 된다. 그래서 바로 하겠다고 했다. 전시 날짜에 맞춰 <백조들의 꿈> 작품의 캔버스 뒤에 제목, 날짜, 이름을 쓰고 꼼꼼히 포장해서 전시장으로 보냈다. 캔버스 그림도 처음, 전시도 처음, 서명도 처음, 그림 포장도 처음, 작가 노트 정리도 처음이었다. 어리둥절했지만, 준비기간이 길지 않았으므로 일사천리로 준비해서 작품을 제출했다. 마음의 준비를 할 새도 없이 보냈던 나의 캔버스 처녀작 <백조들의 꿈>은 그 전시에서 컬렉터분께 판매되었다.

꿈을 그렸더니 작품을 판매한 진짜 화가가 되었다.

여전히 그림을 그리지만, 누군가 나의 이야기를 들춰보기를 바라는 마음으로 그리진 않는다. 2년 동안 그렸던 세상에 남기고 싶은 유서와도 같은 내 그림에는 아픔, 슬픔, 절망, 원망 같은 어렵고 힘들었던 이야기들이 많았다.

그렇지만 그림을 그렸던 마음은 '그것만 아니라면', '그럼에도 불구하고', '더 살아보고 싶다'였다. 꾸준히 버킷리스트를 써 보니 유서처럼 그렸던 그림과 연결되는 것이 많았다. 이제 매일 밤 그림으로 유서를 쓰지는 않는다. 유서를 그릴 기운이 있다면 희망과 꿈, 더 간절한 버킷리스트를 그리고 싶다. 죽고 싶은 마음은 더 잘 살고 싶은 마음의 다른 모양이다.

하루하루가 고단해서 유서를 쓰고 싶은 사람이 있다면 유서 대신 버킷리스트를 써 보자. 유서를 쓸 기운으로 매일 버킷리스트를 쓰고 하나씩 도전해 보면 억울해서 죽기 싫어지고, 죽기보다는 살아야 할 이유가 훨씬 많다는 것을 깨달을 수 있으니까.

<백조들의 꿈(캔버스 첫 작품)>

빨리, 높이 날아오르지 않아도 괜찮다

번아웃 이후 벌이가 점점 줄었다. 같이 벌어 유지하던 생계의 짐을 남편에게 점점 몰아주는 것이 마음 불편했다. 그렇다고 예전과 똑같은 모습으로 돈 벌기에 다시 뛰어들고 싶지 않았다. 그럴 수 없었다. 넘어진 김에 제대로 다시 서고 싶었다. 미안한 마음에 남편에게 한마디 던졌다.

"나 당분간 본격적으로 놀아봐야겠어."

뭐라고 대답할까, 걱정이 끝나기도 전에 남편의 대답이 돌아왔다.

"잘 생각했어! 당신 노후는 내가 책임질게. 나를 믿어봐."

예상보다 큰 대답이 돌아왔다. 울컥했다.

남편과 나는 변리사 시험 합격자 동기였다. 나이는 세 살 차이지만, 시험은 같은 해에 합격했다. 남편은 공학을, 나는 의류직물학을 전공했다. 남편이 먼저 해외 클라이언트를 대리하는 회사에 취업했다. 해외 고객 사건을 처리하니 출장이 많지 않았고, 주로 이메일을 통해 업무 연락을 주고받았다. 전공인 공학 관련 업무를 주된 업무로 시작해서 전문성 있게 경력을 쌓았다.

남편의 회사는 규모가 있는 회사여서 업무별 조직이 잘 갖춰져 있었다. 직접 처리하는 변리사 고유의 업무 이외에는 잔신경을 덜 써도 되었다. 나는 남편보다 어렵게 첫 직장에 취업했다. 애매한 업무 범위로 시작한 직장생활은 동업으로 시작한 창업으로 이어지면서 변리사 실무 외에 관리와 회계, 다른 변리사, 직원들이 일하는 데 필요한 지원 업무의 비중이 커졌다. 지방 출장을 비롯한 외근도 많았다. 수임료도 해외 사건이 국내 사건에 비해 높아서 수입도 남편이 많았다.

남편과 나는 2002년부터 변리사로 계속 일했다. 20년 넘는 세월 동안 위기가 없었을 리 없다. 큰 탈 없이 꾸준히 회사에 다니는 남편 덕분에 내 벌이가 시원찮아졌어도 밥 굶을 걱정은 하지 않았다. 그동안 아이들 키우면서 회사 일 하느라 고생 많았으니, 힘든 일은 그만해도 괜찮다는 위로와 지원을 받는 호사를 누리고 있었다. 힘들면 남편에게 기대보자고 생각하며 불안한 마음을 진정시켰다. 남편이 "괜찮아"라고 하면 깊숙한 곳부터 울컥했다. 정말 미안하고 고마웠다.

사람 마음이 참 못났다. 미안하고 고마우면 그만인데, 한쪽 가슴이 아렸다. 나도 변리사다. 남편하고 똑같이 30개월 치열하게 공부해 준비했다. 시험에 합격했고 열심히 일했다. 아무도 안 하겠다는 일까지 받아 처리하며 무모하다 싶으리만큼 최선을 다해 살았다. 아이 둘을 낳고 키우는 동안 핏덩이를 두고 출근하는 무거운 발걸음을 이겨냈다. 아이가 아프거나 아이에게 탈이 생기면 육아와 일을 모두 쥐고 있는 게 욕심인가 싶어 고민하면서도 일을 놓지 않았다. 때마다 벌어지는 이벤트 같은 어려움들 모두 이 악물고 버티며 지나 보냈다.

그렇게 보낸 20년 넘는 세월의 결과가 의도하지 않았고 계획에 없었던 번아웃이라니. 남편이 있어 든든하고 고맙지만, 나는 왜 남편과 다른 모습인지 억울하고 분통 터지는 날도 있었다. 부러움일까, 질투일까. 미안하고 고마우면서 억울하고 속상한, 모순되고 못난 이 감정은 뭘까.

세상에 똑같은 사람은 없다. 일란성 쌍둥이도 성격, 재능은 물론 생김새도 다르다. 남편과 나도 다른 사람이다. 시험에 합격하고 비슷한 시기에 직업 생활을 시작했지만, 그 전에 살아온 길, 해온 공부, 성향, 성격과 재능, 나이와 성별, 어느 하나도 같은 것이 없다. 같은 시기에 같은 직업으로 일을 시작했어도 가는 길의 모양이 같을 수 없었다.

남편보다 키도 작고 보폭도 좁은 나는 정상에 오르지 못했다. 가파른 경사에서 미끄러지기를 반복하며 골짜기에서 헤매는 중이었다. 남편의 산과 나의 산이 같은 산도 아니고, 크고 높은 산이 작고 낮은 산보다 더 좋은 산이라고 할 수도 없다.

<오늘도 멈추지 않았다>

우리는 힘겹게 오르막을 올라 골짜기를 벗어나거나 길을 잃을 수도 있다. 정상에 올라 시원하게 야호! 외치거나 중도에 숨이 가빠서 주저앉을 수도 있다. 시원한 바람을 쐬며 수월하게 하산하거나 다리가 풀려 부축받으며 내려올 수도 있다. 우리는 이 과정을 반복하며 살아간다. 사람마다 오르고 내리는 주기와 크기가 다르다. 살아가며 맞닥뜨린 인생의 산은 역경이자 도전이며 종착지이자 시작점이다.

미안하고 고마우면서 억울하고 속상한… 이 못난 마음을 살피고 보듬었다. 내 산의 정상에 나의 방법으로 올라 내 목소리의 메아리를 불러내는 날이 올 거라고 믿기로 했다. 크고 높은 산에 빠르게 달리고 높이 날아올라 오를 수도 있고, 작고 낮은 산에 종종걸음으로 느긋하게 오를 수도 있다. 모두 나의 선택이었고, 앞으로도 나의 선택에 따라 달라질 것이다.

꼭 빨리 높이 날아오르지 않아도 괜찮다. 먼저 정상에 올라 본 나를 끌어줄 남편이 있으니 더 수월하게 오를지도 모른다.

<우리>

할머니가 틀렸다, 그렇지만 괜찮다

'아, 이렇게 쉬어도 되는구나!

아무것도 안 하면서 시간을 보내도 되는 거였어.'

일요일 아침 가슴을 들어 하늘을 올려다보았다. 크고 넓은 하늘이 내 가슴으로 훅 빨려오는 것 같았다. 주르륵 눈물도 두 뺨 위를 흘러내렸다.

살면서 쉬지 않은 것은 아니었다. 그렇게 살 수 없다. 힘들고 아프면, 너무너무 꾀가 나면 늦잠도 잤고, 빈둥대기도 했고, 게으름도 피웠다. 그렇지만 늦잠을 자고 늘어져 있는 동안 큰 죄를 짓는 듯 마음 한 구석이 불편했다. 꾸짖는 누가 있는 것도 아닌데 당당하게 쉴 수 없었다. 쉬는 동안에도 머리 위 더듬이가 작동했다. 잘 마무리하지 못한 일이 있는지, 내가 없어서 제대로 돌아가지 않는 일은 없는지, 복귀하면 무엇부터 챙겨야 하는지 등등.

남편, 딸과 점심을 먹으러 집 앞 이탈리안 레스토랑에 갔다. 점심시간이 지나서인지 빈 테이블도 많았고 붐비지 않았다. 남편과 나, 아들과 딸 네 식구 함께 외식하면 아들은 남편 옆, 딸은 내 옆에 앉는다. 그날은 아들이 없었다. 늘 내 옆에 앉던 딸을 남편 옆에 앉혔다. 남편과 딸을 나란히 앉히고 마주 보며 앉았다. 테이블 위에 양팔을 걸치고 앉아 자세를 잡았다. 매듭 풀린 풍선에서 바람이 슈욱— 빠져나가듯 말이 새어 나왔다.

"있잖아—"
말문을 열었다.
"오늘 아침에 하늘을 올려다보는데, 아 이렇게 쉬어도 되는구나! 죽지 않고 살아있으면서도 쉬어도 되는 거였어. 그런 생각이 들었어, 갑자기."
"뭐라고?"
딸과 남편이 박장대소를 하며 동시에 외쳤다.
"우리 할머니는 '죽으면 썩어 없어질 몸뚱이', '사람으로 태어났으면 자기가 먹은 밥값을 해야지'라면서 정말 부지런하셨거든. 할머니의 쉬는 모습으로 기억에 남는 건 부엌 옆 쪽방 문지방, 마당 한 구석, 대문 옆 골목에 놓인 평상에 걸터앉아 솔담배를 물고 있던 모습뿐이야. 그런 할머니를 보면서 쉬는 건 죽어서나 하는 거라고 나도 모르는 사이

머릿속에 각인됐던 것 같아."

문지방에 걸터앉아 있던 할머니 모습이 생생하게 떠올랐다.

"힘들면 쉬어야지."

딸이 이야기했다.

"앞으로 그냥 쭈욱 쉬라."

고향이 대구인 남편도 사투리 억양을 살려 이야기했다.

내가 뱉은 말이었지만 기가 막혔다. '죽지 않고 쉬어도 된다'니, 이게 무슨 말이냐고. 어릴 적 오랫동안 가까이에서 반복해서 보고 들어왔던 할머니의 태도와 말은 좌우명처럼 내 속에 뿌리 깊게 자리 잡고 있었나 보다. 할머니는 나에게 보고 들으라고 한 것이 아니었을 텐데도. 힘에 부쳐 쉬고 싶을 때마다 비생산적으로 시간을 보내면 안 되고, 밥값 하지 못하는 인간이 되면 세상에 해악을 끼치는 거라며 자신을 채찍질하고 숨통을 틀어막았다.

나의 아버지는 유복자로 태어났다. 할머니는 남편 없이 홀로 아버지와 고모 3명, 당신의 4남매를 키워냈다. 할머니의 4남매는 결혼해 독립했고, 할머니는 비로소 여유로워졌다. 아들인 아버지는 결혼하고 독립했지만, 사업을 시작하면서 며느리인 엄마와 함께 일했다. 할머니의 여유와 홀가분함은 엄마를 대신하는 우리 집의 집안일과 나와 세 명의 4남매의 양육으로 다시 뒷전으로 밀렸다. 할머니는 평생을 자신의 4남매와 아들의 4남매, 8명을 키우는 데 바쳤다.

좋아서 했든, 어쩔 수 없이 했든 4남매를 2번에 걸쳐 길러내는 것은 자신을 갈아 넣는 헌신이 필요했을 것이다. 자신의 욕구보다는 아이들의 필요를 살펴야 했고, 어른의 컨디션과 관계없이 보살핌의 손길을 요구하는 아이들 곁을 지켜야 했을 거다. 엄마니까 자신의 4남매를 부끄럽지 않게 키워야 했고, 나와 동생들을 무탈하게 키워내야 아들과 며느리가 사업에 전념할 수 있을 테니까. 할머니는 스스로 일상의 긴장을 놓지 않기 위해서 "죽으면 썩어 없어질 몸뚱이", "밥값 하는 인간" 이야기를 달고 살았는지도 모르겠다.

할머니는 평생 무슨 재미로 살았을까? 당신의 4남매와 아들의 4남매의 성장을 지켜보고 돕는 것 말고 할머니 자신이 이루는 성취와 재미를 느껴보신 적은 있었을까?

번아웃 덕분에 달라진 일상을 보내는 요즘 종종 할머니가 보고 싶다. 할머니를 다시 만난다면 죽으면 썩어 없어질 몸뚱이도 살아있는 동안 즐겁고 행복할 권리가 있다고, 세상에 필요한 일을 하며 어울려 지내야 하는 건 맞지만 끼니마다 먹어 치운 밥값을 하느라 피로에 묻혀 지낼 필요는 없다고 말씀드리고 싶다. 토닥여드리고 안아드리고 싶다. 할머니를 조수석에 태워 뻥 뚫린 바닷가에도 모셔가고, 수목원에 가서 좋은 공기도 마시게 하고, 가요무대 가수들 콘서트에도 같이 가고 싶다. 함께 하고 싶은 일이 생겼고, 이제 할머니의 인생을 보듬을 여유도 생겼는데 할머니가 없다. 안타깝고 미안하고 보고 싶었다.

<더 많이 안아주자>

"보고 싶은 할머니. 할머니가 틀렸어요. 죽지 않고 쉬어도 되고, 죽지 말고 쉬어야 해요. 죽지 않고 쉬었더니 새로운 인생이 열렸어요. 할머니도 다시 태어나면 할머니부터 돌보고 자신에게 너그러운 사람이면 좋겠어요."

복잡한 대상이 꽉 채워진 그림은 보는 사람을 갑갑하게 한다. 음악에도 장단과 강약의 리듬, 높낮이의 변화를 줘야 지루하지 않다. 여운을 남기며 마무리하는 글은 사고를 확장한다. 내 지난날들은 꽉 채워지고, 리듬을 잃어 비틀대고 있었다. 죽는 게 아니라 쉬면서 숨통을 남겨야 재미와 여운을 주는 걸 놓쳤다.

죽지 말고! 쉬면서 일상의 변화를 찾아야 했다. 여백의 미가 있는 그림처럼, 장단과 강약의 리듬이 있는 음악처럼, 말없음표로 독자에게 마무리할 기회를 주는 글처럼…

그림 그리는 변리사가 이야기하는
그림에 대한 권리

<다 왔다>

그림을 꾸준히 그려 화가가 되었다. 그동안 지재권을 다루는 변리사로 일했다고 하면 화가들이 지재권에 대한 질의를 많이 했다. 그림을 그리면서 만났던 화가들에게 받았던 질문 중 주요한 것들을 질문과 답 형식으로 정리했다. 변리사였던 경력이 동료 화가들이 지재권 이슈에 휘말리지 않고 창작 활동을 하는 데 도움이 되길 바란다.

⊙ 그림도 저작물이에요?

• 저는 매일 그림을 그려요. 유명한 화가가 아니고, 그림값이 비싸지도 않아요. 미술관에 걸려있는 커다란 그림도 아닌데, 제가 그리는 그림도 저작물일까요?

대한민국은 그림을 미술저작물로 보호하고 있어요. ① 창작성이 있고, ② 인간의 사상이나 감정을 표현하는 것이면 됩니다.[1]

다른 사람의 그림을 보고 베낀 것이 아니어야 하고, 머릿속에만 머무르는 생각, 마음속에 간직한 감정이 아니라 생각과 감정을 그림으로 표현한 것이라면 저작물로 보호받을 수 있어요.

• 사업을 상징하는 로고도 그림으로 보이는데, 로고도 미술저작물일까요?

미술저작물이라고 반드시 예술성이 있거나 미적인 가치를 가지고 있어야 하는 것은 아닙니다. 그렇지만 너무 간단한 상징적 도안은 미술저작물로 인정되지 않을 가능성이 있어요.

로고가 도형, 색채와 결합되어 시각적 이미지로 독창적으로 표현
되었다면 미술저작물로 보호를 받을 수 있습니다. 이러한 로고는 타
인의 로고와 구별될 수 있고, 회사나 제품의 특징이 개성 있게 드러나
도록 만든 이미지의 심벌마크, 엠블럼 등이라고 볼 수 있어요.

---

1) 대한민국 저작권법 제2조 제1호는 "저작물이란 인간의 사상 또는 감정을 표현한 창
　작물을 말한다"고 정의하고 있습니다.

⊙ 저작권은 신청해야 생겨요?

• 제 그림을 저작권으로 보호받고 싶은데, 신청해야 하나요?

그림을 그리고, 조각하고, 도자기를 빚으면, 즉 창작을 하면 저작권이 생겨요. 등록을 하지 않아도 됩니다. 저작권과 비슷한 권리로 특허나 상표가 있는데, 특허나 상표는 등록해야 권리가 생겨서 저작권과 다릅니다.[2]

• 등록하지 않아도 저작권이 생기는데 왜 등록하나요?

저작권은 등록하지 않아도 생기지만 다툼이 생겼을 때 누가, 언제 창작했는지 증명할 때 도움이 됩니다. 저작권 등록은 저작자(그림을 그린 사람), 창작일(그림을 그린 날), 공표연월일(그림을 세상에 공개한 날) 등을 포함하고, 등록된 사항은 일단 사실이라고 인정하는 힘이 생기기 때문이에요. 등록된 저작자가 창작자이고, 등록된 창작연월일에 창작되었다고 보고, 공표연월일에도 공표되었다고 일단 인정하고 침해인지, 침해자에게 과실이 있는 등을 판단합니다.

• 등록은 사실대로 해야 하죠? 그렇다면 등록된 사항은 모두 사실인가요?

저작권 등록은 한국저작권위원회[3]에서 하고, 인터넷으로 등록할 수 있어요. 등록할 때 실체심사까지 하지 않습니다. 등록을 신청한 사람이 진정한 창작자인지, 저작물이 독창성이 있는지 등은 판단하지 않아요. 그렇지만 신청한 내용이 거짓으로 확인되면 추후 등록이 말소될 수도 있습니다.

---

2) 대한민국 저작권법은 "저작권은 저작물을 창작한 때부터 발생하며 어떠한 절차나 형식의 이행을 필요로 하지 않는다"라고 정하고 있으므로 저작권은 저작물을 창작하면 발생합니다.

3) https://www.copyright.or.kr

⊙ 그림체를 모방하면 저작권 침해일까요?

매일 그림 한 점을 그리며 번아웃을 지나 보냈어요. 그림을 계속 그리니까 그림체가 생긴 것 같다는 이야기를 들어요. 사전을 찾아보니, '그림에 드러나는 개성적인 특색'을 그림체라고 해요.[4]

제 그림에도 이제 저만의 개성적인 특색이 나온다는 이야기였습니다. 제 그림에 저만의 개성과 특색이 생겼다면, 제 그림체를 모방해서 그림을 그리려면 저에게 허락받아야 하는 것 아닐까요?

• 그림체도 저작권으로 보호받을 수 있나요?

오해하기 쉬운 부분이 있어요. 모든 창작물이 저작권에 의해 보호받는다고 생각하는 것입니다. 보호받으려면 저작법이 정한 요건을 갖추고 있어야 해요.

저작권의 보호를 받으려면 먼저 "저작물"에 해당해야 합니다. 저작권법은 '표현한 창작물'을 보호하므로 외부로 표현되지 않은 단순한 아이디어는 저작물로 보호받기 어렵습니다. 작품의 콘셉트, 주제, 그림체(화풍), 표현 기법은 아이디어이므로 저작물로 보호받지 못해요. 아무리 독창적인 아이디어라도 표현하지 않으면 타인이 무단으로 사용해도 저작권 침해라고 보기 어렵습니다.

한때 "드라마 우영우"의 영향으로 고래 그리기가 유행이었던 적이 있어요. "드라마 우영우"를 보고 감동 받고 영감이 발현되어 화가들이 고래를 그렸지만 모티브의 출처가 동일하다는 이유로 저작권 침해를 주장할 수 없는 경우를 생각하면 됩니다.

또한 타인의 작품을 베낀 것이 아니어야 합니다. 이미 있던 표현, 통상적인 표현은 창작성이 없어 저작물로 보호받기 어렵습니다. 뉴스에서 보도되는 음악, 미술 작품에 대한 표절 논란을 생각하면 이해하기 쉬울 거예요.

• 작품이 서로 유사하면 저작권 침해일까요?

나의 작품과 타인의 작품이 유사하면 저작권 침해라고 생각할 수 있어요. 두 작품이 유사하다는 것만으로는 저작권 침해를 주장할 수 없습니다. 저작권 침해가 되기 위해서는 두 가지 요건을 만족해야 합니다.

---

4) 출처:네이버 국어사전

첫째, 저작권 침해를 주장하는 사람의 저작물과 그 상대방의 저작물이 실질적으로 유사해야 합니다. 둘째, 의거성이 인정되어야 해요. '의거성' 좀 생소하죠? 의거성은 '남의 것을 보고하는 것'입니다. 의거성을 요구하는 이유는 두 창작자가 동일한 작품을 창작했어도 각자 독자적으로 창작했을 수도 있기 때문이에요. 예를 들어 제주도에 사는 A양이 그린 그림과 뉴질랜드에 사는 B군의 그림이 아주 비슷할 수 있어요. 그렇지만 A양과 B군은 서로 모르고 만난 적도 없다면 두 사람의 그림이 유사하므로 무조건 한 사람이 다른 사람의 그림을 베꼈다고 보기 어렵습니다. 표절 의혹이 불거졌을 때 먼저 창작된 작품의 존재를 "알고 있었는지"에 대해 다툼이 있는 경우 보셨죠? 동일한 창작물이라고 해도 먼저 창작된 작품을 몰랐다면 저작권 침해가 아닙니다.

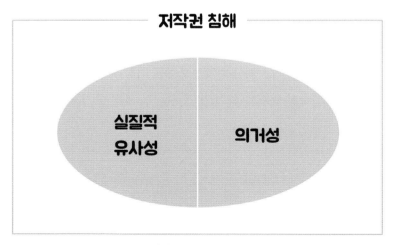

<저작권 침해의 요건>

• 그렇다면 그림체가 유사한 작품 저작권 침해일까요?

"그림체", "화풍", "스타일"은 외부에 표현된 창작물이라기보다 아이디어에 가까우므로 저작권의 보호를 받기 어렵습니다. 그림체가 유사하다는 이유만으로 저작권을 침해했다고 보기 어려워요. 그림체도 유사할 뿐만 아니라 그림체에 따라 그린 그림도 유사하다면 침해를 검토할 필요가 있습니다.

⊙ 그림의 제목도 보호받을 수 있어요?

전시회를 해 보니 그림에도 제목이 필요했고, 그림의 제목을 짓는 것도 어려웠어요, 제목이 무제인 경우도 있지만요. 그림의 제목을 짓는 것에도 노력이 필요하다면 제목도 창작물이고, 저작권으로 보호받을 수 있을까요?

• 그림의 제목도 저작권으로 보호받을 수 있나요?

서적, 영화, 게임은 물론 방송 프로그램 등의 제목을 '제호'라고 합니다. 그림 제목의 보호는 '제호'의 보호에 대한 법원의 판단을 참고할 수 있습니다. 저작권법은 창작적 '표현'만을 보호하고, 아이디어는 보호하지 않아요. 그림의 제목은 표현이 아니라 아이디어이므로 원칙적으로 제목은 저작권으로 보호받기 어렵습니다.

제호(제목)가 저작물인지와 관련하여 국내 법원은 "제호 자체는 저작물의 표지에 불과하고 독립된 사상, 감정의 창작적 표현이라고 보기 어려워 저작물로서 보호받을 수 없다[5]" 고 일관적으로 판시하고 있습니다.

- **제목이 작품만큼 독창적이고 특이한 경우도 있어요. 예를 들어 『영어공부 절대로 하지 마라』는 책 제목처럼요. 이 경우에도 저작권으로 보호받을 수 없나요?**

2000년대 큰 인기를 끈 영어학습방법 교재 『영어공부 절대로 하지 마라』의 제호(제목) 자체에 대한 저작물성이 문제된 사안에서도 국내 법원은, "이 사건 제호 또한 비록 반어적인 의미의 문장적 구성을 가지고 있기는 하나, 기존의 통념화된 영어학습방법을 거부한다는 구호적 의미를 전달하는 것으로서 일견 독특하게는 보이더라도 창작적 표현이라기 보다는 아이디어의 영역에 해당하여, 그 자체만으로는 저작물로 보기 어렵다 할 것이므로 원고의 위 주장은 이유 없다[6]"고 판시하였습니다.

판례에 따르면 『영어공부 절대로 하지 마라』라는 제호(제목)도 독특하기는 하지만 창작적 표현보다는 아이디어의 영역에 해당하므로 저작물로 보기 어렵습니다.

---

5) 서울남부지방법원 2005.3.18. 선고 2004가단31955 판결

6) 서울고등법원 2006. 11. 28 선고 2005나62640 판결

**• 그림의 제목을 저작권으로 보호받기 어렵다면, 보호받을 수 있
는 다른 방법은 없을까요?**

그림의 제목은 표현보다는 아이디어라고 보아야 하고, 따라서 저
작권으로 보호받기는 어렵습니다. 그림의 제목을 권리로 보호받고자
한다면 상표권으로 보호받을 수 있습니다. 그림에도 시리즈처럼 [제
목 + 번호], [제목 + 부제목] 형식으로 연번을 붙이기도 하는데, 한 점
의 그림의 제목보다는 이러한 시리즈 작품의 제목은 상표권으로 등
록받을 필요가 더 있겠죠?

⊙ 그림을 팔면 저작권도 넘어가나요?

화가들은 그림을 판매해요. 그림을 디지털화해서 인쇄물로 판매하기도 하고, 원화를 판매하기도 합니다. 저도 그림을 그려 단체전과 개인전을 했고, 전시를 통해 그림이 컬렉터들에게 판매되었어요. 원화는 세상에 하나밖에 없어서 그림이 판매되어 컬렉터에게 인도되면 그림을 그린 사람도 그림을 다시 보기 어렵습니다. 세상에 하나뿐이고 저작권이 있는 그림을 판매하면 저작권도 컬렉터분에게 넘어가나요?

• 저작권이 인정되는 그림, 소유권도 인정되나요?

창작물로 인정되는 저작물에는 저작권이 발생하지만, 창작물은 물건이기도 하므로 소유권도 인정됩니다. 하나의 창작물에 저작권과 소유권 모두 발생할 수 있어요. 이처럼 하나의 대상에 모두 인정되는 저작권과 소유권 어떤 차이가 있을까요?

• 구체적으로 예를 들어 설명해주세요.

소설책을 예로 들어볼까요? 오늘 서점에 가서 소설책 한 권을 샀어요. 읽고 싶은 소설책 몇 권을 검색하고 목차와 한두 챕터 내용을 살펴봤어요. 목차의 구성, 저자의 신념과 논리, 문체, 책의 구성 등이 저에게 가장 잘 맞는 책을 골랐습니다. 저의 구매 결정은 책의 내용, 구성, 문체, 저자의 가치관 등을 고려한 것이지만, 제가 산 것은 소설'책'이에요. 저는 이 책의 주인이 되었고, 소유권을 취득한 것입니다.

책의 소유권을 취득했으니까 자를 대고 반듯하게 줄을 긋든지, 중요한 부분을 오려내어 노트에 붙이고 요약정리를 하든지, 문득 떠오른 영감을 책에 메모하든지, 책의 내용을 나누고 싶은 친구에게 선물하든지 제 마음대로 책을 활용할 수 있어요. 그렇지만 제가 산 소설책의 내용으로 저자의 동의 없이 연극 대본을 작성하거나 웹툰을 그리면 안 됩니다. 이는 저자의 저작권이므로 적법한 연극 대본, 웹툰의 작성은 저자의 동의를 받아야만 합니다.

• **그림으로 설명해 주세요.**

'벽화'에 대한 독일 법원의 판단을 살펴볼까요? 한 예술가가 베를린의 계단집에 '바위섬의 사이렌(Felseneiland mit Sirenen)'이라는 제목의 프레스코화를 그려달라는 주문을 받아 완성했다고 해요. 그 집의 여주인은 예술가의 동의 없이 이 프레스코화에 있는 나체의 사이렌에 옷을 입히는 덧칠을 했어요.

독일 제국대법원은 "저작권은 기본적으로 소유권과 관계없이 행사될 수 있고, 소유권은 저작권과 관계없이 행사된다"고 저작권과 소유권을 구별하는 판결을 내렸습니다(사이렌 판결). 이후에도 독일연방대법원은 이 판결을 그대로 계승하였다고 합니다.

• 국내 법원의 판결도 있나요?

우리나라의 판례[7]도 유명인이 작성한 '편지'에 대한 소유권과 편지의 '내용'에 대한 저작권은 별개라고 판단했어요. 즉, 제가 유명한 화가가 되어 저의 독자에게 손글씨로 감사의 편지를 써서 선물한 경우, 제가 손 편지를 쓴 편지지의 소유권과 편지의 내용의 저작권은 각각 다른 사람의 것이 됩니다.

---

7) 서울지방법원 1995.6.23. 선고 카합9230 판결

• 그렇다면 그림을 사도 저작권자는 바뀌지 않나요?

'벽화'에 대한 독일 법원의 판단과 '편지'에 대한 국내 법원의 판단에 따르면 그림에 대한 저작권과 소유권은 별개입니다. 따라서 그림을 산다고 저작권자가 당연히 바뀌는 것은 아닙니다.

⊙ 컬렉팅한 그림 전시해도 되나요?

그림에는 저작권과 소유권이 공존하지만 그림을 산다고 해서 저작권이 당연히 그림을 산 사람으로 변경되지는 않습니다. 그렇다면, 그림을 산 사람이 전시해도 될까요?

• **좋아하는 화가의 개인전에 갔다가 마음에 쏙 드는 그림이 있어서 그림을 샀어요. 구입한 그림을 제가 전시해도 되나요?**

개인전에서 그림을 샀다면 공개된 저작물을 소유한 것입니다. 저작권법은 그림의 소유자나 소유자의 동의를 얻은 자는 그림을 전시할 수 있다고 정하고 있어요. 따라서, 갤러리에서 그림을 샀다면 그림의 원본을 전시할 수 있습니다. 다만, 건물 외부의 항시 공개된 장소에서 전시하는 경우에는 그림의 화가에게 별도의 허락을 구해야 합니다.[8]

---

8) 저작권법 제35조 제1항(미술저작물등의 전시 또는 복제)
   미술저작물등의 원본의 소유자나 그의 동의를 얻은 자는 그 저작물을 원본에 의하여 전시할 수 있다. 다만, 가로·공원·건축물의 외벽 그 밖에 공중에게 개방된 장소에 항시 전시하는 경우에는 그러하지 아니하다.

- 간혹 화가의 작업실에 직접 방문하여 작품을 컬렉팅하는 경우도 있다고 해요. 이 경우에도 그림을 산 사람이 그림을 전시할 수 있나요?

작업실에서 그림을 샀다면 갤러리에 전시되어 있는 그림을 산 경우와 다를 수 있어요. 저작권에는 저작인격권과 저작재산권이 있습니다. 저작인격권은 저작자의 인격에 대한 권리로 타인에게 양도되지 않습니다. 저작인격권에는 공표권, 성명표시권, 동일성유지권이 있고, 이 중 공표권은 저작물(그림)을 제3자에게 공표하거나 공표하지 않을 것을 결정할 권리에요. 구체적으로는 공표할 것인지(공표 여부), 언제 공표할 것인지(공표 시기), 어떻게 공표할 것인지(공표 방법) 등을 결정할 수 있는 권리입니다.

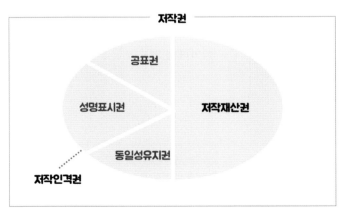

<저작인격권과 저작재산권>

저작자에게 타인에게 양도되지 않는 공표권이 인정된다면 공개되지 않은 그림을 구입한 사람이 그림을 전시해도 괜찮을까요? 그림을 산 사람은 두고두고 보고 싶어서 사는 경우가 많을 거예요. 공개되지 않은 그림이지만, 그림을 산 사람이 그림을 전시할 수 없다면 그림을 살 이유가 애매해질 수 있습니다. 저작권법은 이런 경우 저작자와 컬렉터의 관계를 '공개되지 않은 그림을 양도한 경우에는 그 상대방에게 저작물을 전시의 방식으로 공표하는 것에 동의한 것으로 추정한다'고 정리하고 있습니다. 공개되지 않은 그림을 샀고, 화가가 그림을 공표하지 않을 것을 별도로 요청한 경우가 아니라면 그림을 전시할 수 있습니다.[9]

---

9) 저작권법 제11조(공표권)
  ① 저작자는 그의 저작물을 공표하거나 공표하지 아니할 것을 결정할 권리를 가진다.
  ③ 저작자가 공표되지 아니한 미술저작물·건축저작물 또는 사진저작물(이하 "미술저작물등"이라 한다)의 원본을 양도한 경우에는 그 상대방에게 저작물의 원본의 전시방식에 의한 공표를 동의한 것으로 추정한다.

⊙ 다른 사람이 찍은 사진을 보고 그림을 그려도 되나요?

· 사진은 피사체의 모습을 '그대로' 재현한다고 볼 수 있는데요, 사진도 저작물인가요?

저작권법은 사진저작물을 저작물의 예시로 정하고 있습니다. 따라서 사진은 저작권법의 보호를 받을 수 있고[10], 저작권은 사진을 촬영한 자에게 있습니다.

우리나라 법원은 사진저작물의 요건에 대하여 "사진저작물은 피사체의 선정, 구도의 설정, 빛의 방향과 양의 조절, 카메라 각도의 설정, 셔터의 속도, 셔터 찬스의 포착, 기타 촬영 방법, 현상 및 인화 등의 과정에서 촬영자의 개성과 창조성이 인정되어야 저작권법에 의하여 보호되는 저작물에 해당한다[11]"고 판시하였습니다.

모든 사진이 사진저작물이 되는 것은 아니고, 촬영, 현상, 인화 등의 과정에서 촬영자의 창작
성을 인정받아야 저작권의 보호를 받을 수 있어요. 보호를 받는 사진저작물은 사진작가의 사상·감정을 창작적으로 표현한 사진으로서 독창적이면서도 미적인 요소를 갖춘 것이어야 해요.

최근 풍경 사진에 저작권을 주장할 수 없다는 항소심 판결이 나왔습니다. 산이나 들판, 강가 등의 풍경은 누가 촬영하더라도 같거나 비슷한 시각적 결과를 얻을 수밖에 없다는 판단입니다. 그렇지만 풍경 사진도 창작성이 있다면 저작물로 보호를 받을 수 있어요. 촬영 구도나 피사체 선정 방식, 빛이나 방향, 각도 등의 조정에 의해 단순 풍경 사진에서 얻을 수 없는 촬영자의 개성이나 특색이 인정된다면 창작성이 인정되어 저작물로 보호받을 수 있습니다.

---

10) 저작권법 제4조 제1항 제6호(저작물의 예시 등)
　① 이 법에서 말하는 저작물을 예시하면 다음과 같다.
　　1. 소설·시·논문·강연·연설·각본 그 밖의 어문저작물
　　2. 음악저작물
　　3. 연극 및 무용·무언극 그 밖의 연극저작물
　　4. 회화·서예·조각·판화·공예·응용미술저작물 그 밖의 미술저작물
　　5. 건축물·건축을 위한 모형 및 설계도서 그 밖의 건축저작물
　　6. 사진저작물(이와 유사한 방법으로 제작된 것을 포함한다)
　　7. 영상저작물
　　8. 지도·도표·설계도·약도·모형 그 밖의 도형저작물
　　9. 컴퓨터프로그램저작물

11) 대법원 2001.5.8.선고 98다43366판결

• 사진을 보고 그린 그림은 저작물이 될 수 있나요? 사진저작물과는 어떤 법적 관계가 발생하나요?

보고 그린 사진이 저작권물로 인정되는지에 따라 달라집니다.

- 사진이 저작물로 인정되지 않는 경우

단순한 풍경 사진, 단순히 기계적인 방법을 통하여 대상을 재현시킨 사진은 저작물이라고 보기 어렵습니다. 저작물로 인정되지 않으면 권리도 생기지 않아요. 따라서 저작물로 인정되지 않는 사진을 보고 그린 그림은 사진과의 관계에서 저작권 문제가 발생하지 않습니다.

- 사진이 저작물로 인정되는 경우

<그림이 단순 복제에 해당하는 경우>
사진이나 그림의 윤곽선을 따라 그리는 트레이싱이 있습니다. 태블릿 기술의 발달로 사진을 찍고 사진의 윤곽선을 따라 그림을 그리는 것이 매우 수월해졌습니다. 이처럼 사진이나 그림의 윤곽선을 그대로 따라 그리는 트레이싱은 저작물의 복제로 저작자의 허락을 받아야 합니다. 저작자의 허락없이 단순 복해하면 저작권 침해가 될 수 있습니다.

<그림이 2차적 저작물이 되는 경우>

보고 그린 사진이 저작물로 인정된다면 사진을 보고 그린 그림은 2차적저작물[12]이 될 수 있습니다. 사진을 보고 그린 그림이 ①사진을 기초로 하고, ②사진과 실질적으로 유사하고, ③사회 통념상 새로운 창작물이 될 수 있도록 수정, 증감하여 새롭게 제작했다면 2차적 저작물이 될 수 있어요.

사진을 보고 그린 그림이 2차적 저작물로 인정되면 사진과는 별개의 저작물로 보호되지만, 원작자인 사진 촬영자에게 이용의 허락을 구해야 합니다. 따라서, 사진 저작자의 허락 없이 사진을 보고 그림을 그렸다면 저작권 문제가 발생할 수 있습니다.

---

12) 제5조(2차적저작물)
 ① 원저작물을 번역·편곡·변형·각색·영상제작 그 밖의 방법으로 작성한 창작물(이하 "2차적저작물"이라 한다)은 독자적인 저작물로서 보호된다.
 ② 2차적저작물의 보호는 그 원저작물의 저작자의 권리에 영향을 미치지 아니한다.

<그림이 독립적인 저작물이 되는 경우>

국내 법원은 2차적저작물에 대해『2차적저작물로서 저작권법의 보호를 받기 위해서는 원저작물을 기초로 하되 원저작물과 실질적 유사성을 유지하고 이것에 사회통념상 새로운 저작물이 될 수 있을 정도의 수정, 증감을 가하여 새로운 창작성을 부가하여야 하는 것으로서, 어떤 저작물이 기존의 저작물을 다소 이용하였더라도 기존의 저작물과 실질적인 유사성이 없는 별개의 독립적인 신 저작물이 되었다면, 이는 창작으로서 기존의 저작물의 저작권을 침해한 것이 되지 아니한다[13]』고 판단했습니다.

법원의 판단에 따르면 사진을 참고하였어도 사진과 실질적인 유사성이 없는 별개의 저작물이 될 정도의 창작성이 가해졌다면 새롭게 그린 그림은 사진과는 별개의 저작물로 인정될 수 있어요. 사진과 그림은 별개의 저작물이므로 사진을 참고했다는 이유만으로 저작권 침해가 되지 않습니다.

• 타인이 찍은 사진을 보고 그림을 그려도 될까요?

사진을 보고 그린 그림은 사진이 저작물인지에 따라, 그림에 추가된 화가의 창작성의 정도에 따라 저작권 문제가 발생할 수 있고, 사안마다 다르게 판단될 것입니다. 타인의 저작물을 이용하기 위해서는 저작권자의 허락을 받아야 하고, 저작권자 허락 없는 저작물 이용은 비영리를 목적으로 하거나 출처를 밝힌다고 해도 저작권 침해가 되어 법적 책임이 면제되지 않습니다.

직접 사진을 찍고, 그 사진을 참고하여 그림을 그린다면 저작권 침해 염려 없이 창작 활동에 더 열중할 수 있겠죠?

---

13) 대법원 2011. 4. 28. 선고 2010도9498 판결

마치며:

날지 않아도 괜찮은 낯선 인생을 응원한다

보란 듯이 잘 살고 싶었다.

바쁘게 일했다. 눈물 날 정도로. 생존하기 위해 삶을 잊을 정도로. 먹고 살기 위해 출근해 일하고, 사회에서 인정받고 더 나은 대우를 받기 위해 배우고 익혔다.

모범생, 선생님 말씀 잘 듣고 좋은 성적을 내는 학생이고 싶었다.

학생 시절에도 돈 벌고 공부하느라 취미생활이랄 것이 없었다.

좋은 아내이자 커리어 우먼, 살가운 며느리고 싶었다.

육아의 길로 들어서면서 행복하지만 지난한 고행이 시작되었다. 매일매일 쳐내야 하는 임무만으로도 숨이 찼다. 직장에서 일하고, 아내가 되고, 엄마가 되면서 동선은 집과 회사로 단순화되었고, 회사 일과 가사 일에 매몰되었다.

뒤처지지 않고 싶었다.

하루가 다르게 속도를 내는 세상살이는 잠깐이라도 한눈을 팔면 따라잡기 어려운 먼 곳으로 도망가 버릴 것만 같았다. 앞만 보고 달렸고, 더 빨리 달리라고 스스로 채찍질했다.

<엄마 머리 속에>

인정과 칭찬, 성장과 성공을 구하며 직진만 하던 마음, 그 한구석에는 알아차리지 못했던 상처가 숨어 있었다. 번아웃이라는 반갑지 않은 손님을 만나 인정과 칭찬, 성장과 성공의 욕구에서 벗어나 보니 상처가 보였다. 그 상처를 성장한 현재의 안목으로 바라보고 보듬고 치료할 수 있었다.

전속력으로 직진만을 하고 있다면 가속페달에서 발을 내려놓아 보면 어떨까. 잠시 정차하고 주변을 돌아보며 콧노래를 부르고 딴청을 피우면 앞만 보며 달리느라 놓친 아름다운 풍경과 나를 바라보는 따뜻한 시선을 만날 수 있을 테니까.

누구나 좋아하는 것이 있다.
가만히 누워 있다가도 벌떡 일어나 움직이게 하는 것, 돈 버는 것이 아닌 쓰는 일, 에너지를 써도 저절로 충전되는 일, 재밌어서 내내 입가에 미소를 머금게 하는 것들이 있다. 그런 일을 찾아 그냥 해보자. 번아웃의 침범에서 지켜주는 방패가 되는 것은 물론이고, 생각지도 못했던 인생의 새로운 국면이 열릴지도 모른다. 번아웃 덕분에 그림 그리는 변리사가 된 나처럼.

알아차리기도 어려웠던 나의 첫 번아웃은 내 인생의 전환점이 되었다. 번아웃의 돌부리에 걸려 제대로 넘어지고 데굴데굴 굴러떨어졌지만 소중한 나를 포기하지 않았다. 최선을 다했던 다양한 헛짓의 징

검다리를 건너 그림이라는 나의 반려 활동을 만났다. 어렵게 만난 그림은 고맙고 반가웠으나 돈을 버는 일이 아니라 쓰는 일이었고, 노력과 시간을 들여야 했으나 직업에 도움이 되는 일은 아니었다.

그래도 계속 곁에 두고 싶어 지속할 수 있는 방법을 찾았다. 디지털 드로잉으로 어지르기 싫다는 핑계를 치웠고, 망칠 수밖에 없는 방법으로 완벽주의는 발도 못 붙이게 했다. 선생님의 칭찬과 인정에 목말라하며 중도 포기할 것이 뻔해 정규교육 대신 원데이클래스를 찾았다.

일기처럼 매일, 친구들과 같이, 어디서든 꾸준히 그렸다. 목표 지향적으로 살아온 습성을 고려해 부족한 실력과 경력인 걸 알지만 전시부터 해 보는 과감한 호기도 부렸다. 덕분에 계속 그릴 수 있었고, 결국 화가가 되었다.

좋아하는 것이 그림이라는 것을 찾아냈고, 그림을 꾸준히 그리기 위해 나에게 맞고 필요한 방법을 찾아 실천했다. 그 방법적 과정에서 나 자신의 근원적 문제를 만나고 정면으로 맞섰다.

좋아하는 것을 찾고 계속하기 위해 고민하고 실천했던 시간은 무탈하게 먹고 살기 위해 미뤄두었던 나를 찾고 돌보는 과정이었다. 그림을 통해 나를 찾았고, 그림을 꾸준히 그리며 나를 돌봤다.

이제 되찾은 진짜 나, 나의 손으로 그리고 쓴다.

과거에 발목 잡히지 않고, 늦은 때는 없다. 힘들면 쉬고, 쉬어야 더 멀리 갈 여유도 있다. 쏜살같이 달려가는 세상의 속도에도 불구하고, 모두 늘 빨리 높이 날아올라야만 하는 것이 아니다. 다시 한번 힘주어 쓴다.

날개가 있다고 꼭 날아야 하는 건 아니다.
날개가 있어도 날지 않아도 괜찮다.

양 날개는 몸통으로 이어져 있다.
몸통은 머리부터 꼬리까지 이어진다.
새들이 온몸으로 날갯짓하듯이
삶은 함부로 양분할 수 없는 것이다.
삶도 '나는 일'과 '날지 않는 일'로만 구분될 수 없다.
날개로 그늘을 만들고 둥지를 만들 수 있다.
날개로 작고 여린 생명들을 품을 수 있다.
깃털로 그림을 그리고 글을 쓸 수도 있다.

나이 들어 바빠질수록, 의무가 무거워질수록 자신에게 맞는, 마음
놓고 틀리고 실수해 놓고 어리광 피울 수 있는 낯선 활동을 하나씩 찾
을 수 있기를, 그래서 낯선 인생 하나를 더 찾는 기회를 자신에게 허락
하면 좋겠다.

<선택>

<움켜쥐지 말고>

2024 PARKYOON

<양보다 질>

<너부터 봐>

날지 않아도 괜찮아

박윤경 지음

발행처   도서출판 청어
발행인   이영철
영업   이동호
홍보   천성래
기획   육재섭
편집   이설빈
디자인   이수빈 | 구유림
제작이사 공병한
인쇄   두리터

등록   1999년 5월 3일
          (제321-3210000251001999000063호)

1판 1쇄 발행 2025년 6월 8일

주소   서울특별시 서초구 남부순환로 364길 8-15 동일빌딩 2층
대표전화 02-586-0477
팩시밀리 0303-0942-0478
홈페이지 www.chungeobook.com
E-mail   ppi20@hanmail.net

ISBN   979-11-6855-345-3(03810)